KB052584

깨끗한 살인

이지유 소설

깨끗한 살인

차례

1

꽝. 벼락이 내리쳤다. 저녁 6시쯤부터 조금씩 떨어지던 빗방울이 어느새 장대비로 변하면서 하늘이 번쩍번쩍 요란하게 울어 대기 시작한 클라이맥스가 바로 지금, 저녁 7시 50분경의 벼락이었다. 수요일 저녁 예배를 위해 '빛나는 교회' 본당에 모인 사람들은 반사적으로 몸을 움찔거렸지만 대부분 빠르게 평정을 되찾았다. 그들의 표정은 경건하다 못해 엄숙하기까지 했다. 반원 형태의 본당은 한쪽 벽면을 전부 차지한 높은 단상을 네 블록으로 나눈 의자들이 둘러싸고 있는 모습이었다. 네 블록의 의자들 맨 뒤 정중앙에 촬영 카메라가 놓여 있었다. 교회 예배는 실황 중계되고 있었다.

단상 앞에 서 있던 일곱 명의 찬양단이 뒤로 물러나서 앉자, 선한 인상의 설교자가 나왔다. 부목사인 이홍준이다. 적당한 키에 이목구비가 동글동글한 그는 귀여운 인상과 다르게 눈에는 예리한 광채가 돌았다. 그가 단상 앞쪽 한가운데에 놓인 아크릴 설교대 앞에 서자, 사람들의 표정에 기대감이 차올랐다. 빗속을 뚫고 여기까지 왔으니 그에게서 뭐라도 보상을 받고 싶은 듯했다. 이홍준 부목사는 그런 시선에 익숙한 미소를 지었다.

"잠시 기도드리겠습니다. 사랑의 하나님, 감사합니다…."

꽈광. 이번에는 교회 지붕이 울리도록 가까운 곳에서 벼락이 쳤다. 본당 안은 이홍준 부목사의 목소리만이 울릴 뿐 여전히 엄숙했다.

"…우리를 당신의 율법으로 지키심에 감사드리며, 주님의 이름으로 기도했습니다. 아멘."

"아멘."

그 시각 교회 경비원인 주철용은 본관 지하 3층으로 내려가고 있었다. 작년 여름, 비가 많이 올 때 지하 3층에서 물이 차올라 한바탕 난리를 치른 게 생각났기 때문이다. 커다란 홀 하나가 전부인 그곳은 거의 창고처럼 쓰이고 있어서 평소에는 관리가 잘되지 않고 있었다. 지하 3층으로 내려가는 계단부터는 아예 불도 들어오지 않았다. 철용은 플래시를 켜고서 조심스럽게 계단을 내려갔다. 아니나 다를까, 굳게 닫힌 문틈으로 물이 새어 나오고 있었다. 철용은 저도 모르게 혀를 찼다. 이럴 줄 알았다, 지난 물난리 이후에 그렇게 수리해야 한다고 이야기했건만, 어차피 안 쓰는 데라고 관심도 없더니. 본당에서는 이홍준 부목사의 설교가 쩌렁쩌렁 울려 퍼졌다.

"사랑하는 여러분, 지금 여러분의 마음은 어떻습니까? 세상 한가운데에서 남의 양분까지 다 빼앗아 가는 가시덤불 밭입니까? 아니면 단단해서 주님의 경고의 음성이 들리지 않는 길가 밭입니까? 아니면 이도 저도 아닌 자갈 밭입니까? 여러분이 확실히 아셔야 할 것은, 하나님 말씀이 잘 스며드는 옥토 밭이 되지 않으면 구원을 받지 못할 것이라는 겁니다."

"아멘!"

교인들이 일제히 큰 소리로 화답했다. 쿠궁. 하늘이 울음소리를 내며 더 많은 비를 퍼부었다.

지하 3층으로 내려온 철용은 미끄러질까 봐 조심하며 한 발 한 발 걸음을 옮겼다. 어디서 새는지 임시방책이라도 강구해야 할 거 같아서였다. 넘어지지 않으려고 온몸에 힘을 주면서 걷다 보니 절로 끙, 소리가 나왔다.

"에휴, 나이는 못 속인다고 이게 뭐라고 힘든지."

겨우 문 앞에 다다른 철용이 손잡이를 잡았을 때였다. 빗물에 뭔가가 섞여서 흘러나오고 있었다. 플래시를 가까이 비춰 보니 검붉은색의 액체가 물감처럼 엷게 퍼져 나왔다. 철용은 고개를 갸웃했다. 안에 넣어 둔 물건이 젖어서 색이 빠진 건가? 오래된 장식품 같은 거라면 그럴 수 있다. 철용은 이래저래 일거리가 많아지겠구나 싶어 인상을 쓰며 문을 열었다. 홀 안의 벽을 더듬어 불을 켠 그는 눈앞의 광경에 다리가 풀려서 뒤로 주저앉고 말았다. 홀 맞은편 벽 앞에 남자와 여자가 피투성이가 된 채 엎드려 누워 있었다. 철용은 몸에서 온기가 싹 빠지는 기분이었다. 이런 장면을 직접 보는 건 처음이었다. 이가 딱딱 부딪치는 소리가 날 만큼 턱이 떨렸다.

"1… 119… 아니, 경찰….'

그가 손을 덜덜 떨며 주머니에서 휴대폰을 꺼내
는데, 여자의 몸이 꿈틀거렸다.

"아악! 으아아아!"

공포에 질린 그의 비명이 홀 밖으로 퍼지기도 전에
빗소리에 묻혀 버렸다. 비는 불빛이 어우러진 어두운 거
리를 향해 마치 수문이 열린 것처럼 쏟아져 내렸다.

* * *

정시우 경위가 전화를 받고 교회 살인 사건 현장
에 도착한 것은 밤 8시 17분이었다. 원래 비번이었지만
그가 사는 오피스텔이 경찰서 바로 옆이어서 빨리 올
수 있었다. 선주시 서부 경찰서 강력 3팀 소속인 정시
우는 예리한 콧날과 턱선만큼이나 까칠한 표정으로 찬
찬히 홀 안을 훑어보았다. 깔끔한 교회 외관과는 다르
게 창문을 낸 벽은 파이프가 보일 정도로 흉하게 허물
어져 있었다. 바닥도 부식되어 갈라진 틈으로 비가 새
어 들어와 물웅덩이를 만들어 놓았다. 폭우는 소강상
태로 접어들어 부슬비로 바뀐 지 좀 되었다. 시우는 바

닥 여기저기에 부유물이 떠다니는 걸 보다가 인상을 찌푸렸다.

"이거 증거물 다 쓸려 갔겠네요."

시우의 말에 현장 사진을 찍던 과학수사대 양 순경이 난감한 표정으로 고개를 끄덕였다. 피해자 둘은 남매로 빛나는 교회 교인이다. 먼저 오빠 허재우. 22세, 호주에서 대학을 다니다가 휴학 중이다. 그리고 동생 허연서. 15세, 서울예술중학교 2학년에 재학 중이다. 부모인 허규석, 이선영은 빛나는 교회 집사다. 가족 모두가 교회 봉사에 열심인 모범적인 사람들이라고 한다. 최초 신고자인 경비원이 그들의 얼굴을 전부 기억하고 있을 만큼.

"우리 교회가 성도 수가 많아서 웬만큼 드나들지 않으면 모르는 얼굴도 꽤 되거든요. 저분들은 아니에요. 얼마나 신실한데요. 여자 집사님은 가끔 저희한테 간식도 갖다 주시는데 아무거나 안 주세요. 아주 정성스럽게, 집에 애들 먹는 거 똑같이 싸다 주신다고요. 그런 집에 어쩌다 이런 일이… 주님이 너무 사랑하셔서 큰 시련을 주시나 봅니다."

주철용은 하얗게 질려 더듬대면서도 또박또박 말

을 끝냈다. 시우는 철용의 말을 간략히 메모하면서 자신이 서 있는 곳을 한 바퀴 둘러보았다. 은은한 아이보리 색으로 벽을 칠한 빛나는 교회 1층 로비에는 군데군데 채도가 낮은 오렌지 빛 조명등이 달려 있었다. 거기에 적절한 간격을 두고 성화가 걸려 있어 갤러리를 연상시켰다. 빛나는 교회는 선주시에서 꽤 유명하다. 3000여 명의 교인이 등록되어 있었고, 60대인 담임 목사 아래 부목사가 다섯이나 됐다. 교회 내에는 제법 세련된 인테리어의 서점, 카페테리아가 운영되고 있었고, 청소년들이 공부할 수 있는 독서실도 따로 있었다. 교인들 중 절반은 대학 교수나 중견 기업 임원 등, 사회적 지위가 있는 이들이었다. 나머지 절반 정도는 괜찮은 스펙의 30대 사회인들과 대학생들이었다. 영아부에서 고등부까지 체계적으로 나눈 교회 학교 아이들은 전부 교인 자녀였다. 교회 본관 내부는 화강암으로 둘러싸인 전통적인 겉모습과 달리 세련된 세미나 홀 형태로 꾸며져 있었다. 교인들의 취향을 반영한 듯했다. 본관 옆에는 작은 마당을 사이에 두고 별관이 있었고, 별관 지하는 전부 주차장이었다. 지상 주차장만으로는 부족했던 것이다.

"이런 깔끔한 교회가 지하 보수 공사 하나 제대로 못 할 줄 몰랐네요."

"그건 아까도 말했잖아요. 거기는 아무도 쓰지 않는 데라서…."

당황한 철용이 입을 뻐끔거리는 사이 시우는 다음 질문을 던졌다.

"혹시 이게 뭔지 아십니까? LV이사일육. 숫자 2, 4, 1, 6. 이천사백십육?"

철용은 무슨 말인지 감도 안 잡힌다는 표정이었다. 시우는 한숨을 쉬며 돌아섰다. LV2416. 피해자 허재우와 허연서의 팔에 붉은색으로 적혀 있던 글자다. 과수대는 피해자들의 피로 쓰인 것이라고 추정했다. 남매는 둘 다 둔기에 머리를 맞았다. 허재우는 뒤통수를, 동생인 허연서는 뒤통수와 왼쪽 옆통수 사이를 맞았다. 빗맞았기 때문에 목숨을 건졌을 거라고, 허연서를 병원으로 이송한 응급 구조원이 말했다. 허재우는 뒤통수를 정통으로 맞은 것 외에도 바지가 벗겨진 채 성기가 잘려 있었다. 흘러나온 피의 양으로 보아 죽기 전에 잘린 게 분명했다.

"교회 본관, 가장 아래층 아무도 쓰지 않는 공간,

교회에 열심인 남매와 부모님, 허재우의 잘려 나간 성기… 그렇다면 개인적인 원한… 교회 건물 구조를 잘 아는 사람… 내부인의 소행…?"

시우는 일단 자신의 수첩에 떠오르는 것들을 메모한 후 물음표를 붙였다. 확실한 증거를 찾을 때까지 판단을 보류하는 게 시우의 철칙이다. 하지만 빗물에 현장 증거가 거의 소실된 상태에서 다른 증거를 어떻게 확보해야 할지 난감했다. 게다가 빛나는 교회 교인들은 신에게 신실한 만큼 교회에도 충성이 대단한 것 같았다. 그들은 모두 입을 닫고 경찰과 눈을 마주치지 않으려 애썼다. 사건은 저녁 예배 시간 중에 일어났을 확률이 높았다. 그때 교회에 있던 사람들은 대부분 본당에서 예배에 참석하고 있었다. 본관 로비에만 한 대 설치되어 있는 CCTV 영상은 서에 들어가서 바로 확인할 생각이지만, 그래도 이렇게까지 사건 현장에서 진술 확보가 되지 않는 경우는 시우가 기억하는 한 거의 없었다.

"송재경 이 자식은 왜 여태 안 오는 거야."

시우가 투덜거리며 부사수인 재경에게 연락하려고 휴대폰을 꺼내자 서에서 전화가 걸려 왔다. 서장이 찾는다며 얼른 들어오라는 내용이었다. 현장에 나와 있는 사람을 왜 급하게 들어오라는 거지? 팀에서 누가 나에 대해 안 좋은 소리라도 했나? 사건의 실마리가 안 보여 답답한데, 서장까지 머릿속에 물음표를 하나 더 보태고 있었다. 시우는 살짝 올라오는 짜증을 누르며 경찰서로 향했다.

* * *

밤 시간의 동네 카페에는 생각보다 사람들이 많았다. 로사는 주변을 둘러보다가 휴대폰으로 시간을 확인했다. 밤 8시 39분. 말 그대로 퍼붓던 비가 잦아들긴 했지만 이런 날은 집 밖에 나오고 싶지 않을 만도 한데, 아이들까지 데리고 나온 엄마들을 보니 그렇지도 않은 모양이었다. 늦은 퇴근 후 적당히 저녁을 해결하려고 카페에 온 로사는 살짝 당황했다. 얼마 전 새로 생긴 이 카페는 자리도 넉넉하고 브런치 메뉴도 밤늦게까지 주문이 가능했다. 음식도 가격에 비해 괜찮았고 원목 인테리어라 분위기도 아늑했다. 카페에는 싱

글뿐 아니라 아이와 함께 오는 젊은 엄마들도 자주 보였다. 덩치가 작은 반려견도 출입이 가능해서 사람이 더 많은 것 같기도 했다.

로사가 이 카페에 오는 건 집에서 가깝기도 했지만, 관찰의 재미가 있어서였다. 엄마들은 지인들과 대화할 때 아이들이 방해하지 않도록 휴대폰이나 태블릿PC에 어린이용 유튜브를 켜 놓는다. 아이들은 유튜브 영상이 끝날 때마다 엄마에게 말을 걸거나 움직이고, 그럴 때마다 엄마들은 거의 보지도 않고 손가락으로 화면을 넘긴다. 아이들은 다시 화면에 집중한다. 엄마들은 이야기하느라 바빠서 자기 아이가 뭘 하고 있는지도 모르는 것 같다. 그러다가도 아이가 조금이라도 시야에서 벗어나거나 위험한 행동이라도 하면 어떻게 알았는지 바로 아이를 찾아서 자리로 데려온다. 처음에는 그 엄마들의 귀신같은 '촉'이 흥미로워서 관찰했다가 요새는 다른 데로 관심이 옮겨 갔다.

강아지와 견주. 이 시간 즈음이면 자주 보이는 30대 중반의 여성이 미니 푸들을 데려온다. 푹 눌러 쓴 버킷 해트 아래로 창백한 피부와 검은 단발머리가 묘하게 눈길을 끌었다. 그녀는 늘 루벤 샌드위치에 디카페인 아메리카노를 시켜 놓고 독서에 열중했다. 주변의 움직임이나 소리는 하나도 귀에 들어오지 않는다는 듯, 세상에 책과 자기 자신밖에 없는 것처럼 온통 정신이 독서에 쏠려 있다. 예쁘게 옷을 입혀서 목이 졸리지 않는 하네스를 채운 미니 푸들조차 안중에 없다. 로사의 시선을 끈 건 미니 푸들이다. 강아지는 여자의 발치에 앞발을 가지런히 쭉 펴고 앉아서 자기 주인만 바라본다. 마치 해바라기처럼. 꼼짝 않고 책의 세계에 흠뻑 빠져 있는 그녀를 그저 쭈욱 지켜보기만 한다. 주인이 책을 덮을 때까지 부동 자세로 있던 강아지는, 그녀가 자리에서 일어남과 동시에 얼른 따라 일어난다. 주인이 카운터에 가서 거의 손대지 않은 샌드위치를 포장해서 받아 올 때까지 얌전히 지켜만 보던 미니 푸들은, 그제야 활기차게 깡충깡충 뛰듯이 앞장서 걸어나간다.

로사는 그 강아지의 생각이 궁금했다. 이상심리를 전공한 로사이기에 사람들의 마음속은 어느 정도 가늠이 됐지만 강아지는 알 수 없었다. 주인을 지키는 걸까? 아니, 언제 이곳을 나갈지 그때만을 기다리는 건지도 모른다.

오늘도 변함없이 그녀는 열심히 책을 읽고, 강아

지는 그녀를 바라보고 있다. 그런데 다른 점이 있었다. 미니 푸들이 마른기침 소리를 냈다. 주인을 바라보다가도 뭔가 괴로운지 혀를 내밀고 캑캑거렸다. 찬찬히 살펴보니 다른 날보다 옷깃이 목 끝까지 올라가 있었고, 그게 꽉 조이는 모양이었다. 로사는 아무리 여자가 독서에 빠져 있다 해도 곧 자기 강아지의 상태가 이상하다는 걸 알아채리라 생각했다. 하지만 그녀는 전혀 눈치채지 못했다. 강아지는 점점 더 괴로워했다. 집에서 나설 때부터 불편했을 텐데, 한계에 다다른 것 같았다. 모르는 사람 일에는 끼어들지 않는 로사였지만 더는 두고 볼 수 없었다. 로사는 손바닥 정도 크기의 크로스 백을 어깨에 메며 자리에서 일어났다. 여자의 자리 앞까지 갔는데도 그녀는 고개조차 들지 않고 독서에 열중하고 있었다. 로사는 쪼그리고 앉아서 강아지 목 부분의 똑딱이 단추를 풀어 줬다. "하!"하고 숨을 시원하게 내뱉는 강아지의 모습에 절로 미소가 떠올랐다. 자리에서 일어나니 견주가 당혹스러운 표정으로 그녀를 올려다보았다.

"강아지가 계속 목이 막힌 것처럼 기침을 해서요."

그제야 여자는 귀에서 작은 이어폰을 뺐냈다.

"아, 네… 감사합니다."

고맙다는 말과는 달리 그녀의 눈빛에는 당혹감이 서렸고, 눈과 입 주위 근육이 묘하게 일그러졌다. 그걸 본 로사는 귀를 손으로 가져가 귀마개를 뺐다. 이어폰이 아닌 맞춤형 귀마개였다. 그 순간 카페 안이 여러 가지 색으로 가득 찼다. 사람들의 말, 강아지들의 작은 소리가 전부 각각의 색을 띠면서 서로 블렌딩이 되어 겹쳐졌다. 로사가 귀마개를 하는 이유였다. 생명체가 내는 소리가 색으로 보이는 공감각. 로사가 가진 독특한 능력이다.

"강아지가 견주님을 너무 좋아하다 보니, 자리에서 일어날 때까지 꾹 참고 기다릴 것 같아서요. 가끔 아이가 어떤지도 봐 주시면 저처럼 모르는 사람이 참견하는 일은 없을 거 같아요."

로사는 약간 짜증 난 자신의 목소리가 탁한 주황색으로 나타나는 걸 보며 자리를 떴다. 카페를 나서며 슬쩍 돌아보니 여자가 미니 푸들을 안고 괜찮은지 살펴보고 있었다. 그걸 보니 괜히 마음이 놓였다. 적어도 반려견을 학대하는 견주는 아니었던 것이다.

"내가 너무 사람을 못 믿긴 하지…."

로사가 쓴웃음을 지으며 귀마개를 귀에 끼웠다.
비가 그쳐 가는 거리에 서서 우산을 쓸지 말지 망설이
고 있는데 휴대폰 진동이 울렸다. 박대우. 오래된 인연
이다. 로사는 바로 전화를 끊고 문자를 보냈다.

오랜만이에요 아저씨! 잘 지내시죠?

대우는 바로 답을 보내 왔다. 선주 경찰서로 와 달
라는 내용이었다. 선주 경찰서는 박대우가 서장으로
있는 곳이다. 내 도움이 필요한 일이라도 생겼나 보다.
로사는 우산을 펴고 버스 정류장으로 향했다.

* * *

서장실 접대용 소파에 앉은 시우는 불편한 기색
을 감추지 않은 채 맞은편에 앉은 박대우 서장을 똑바
로 쳐다봤다.

"그렇게 본다고 내 얼굴 안 뚫어지니까, 이따 만나
면 인사 잘하고. 차 좀 들어."

50대 중반치고는 꽤 맑은 얼굴을 한 박대우는 자
기 앞에 놓인 찻잔을 들었다. 어찌 보면 오만하다 싶을

만큼 저돌적인 표정의 시우가 밉지는 않은 모양이었다.

"저는 됐습니다. 아무거나 안 마셔요."

"야, 이것도 네가 마시는 거 못지않게 좋은 거야. 차는 다 유기농 아니냐?"

대우가 못내 아까워하며 찻잔을 입에 갖다 댔다. 시우가 자신의 불편한 심기를 건방진 말투에 고대로 실어 담았음에도 서장은 눈 하나 꿈쩍하지 않았다. 그의 태평해 보이는 모습에 시우는 위장이 욱, 하고 일어나는 것만 같았다.

"서장님, 이러지 마시고 송재경 불러 주세요. 재경이 제 부사수예요. 다른 수사 잠복 나갔어도 서장님이 부르시면 되잖아요. 제가 왜 민간인하고 수사를 해요!"

"우리 서 지금 사건 미어터진다. 그리고 잠복하는 애를 어떻게 빼라고 하냐."

시우가 반박하려 하자 대우는 찻잔을 내려놓고 단호하게 말했다.

"그냥 민간인 아니고 자문위원이야. 공정하고 엄격한 절차를 거쳐서 위촉한 심리학자인데, 민간인이라고 하면 안 되지."

"민간인은 민간인이죠! 어떻게 사건 현장을 데리

고 다닙니까!"

"진술받는 걸 도움 받으라고. 정말 큰 도움이 될 거라니까."

"그 공감각이라는 거요? 진짭니까? 소리가 색으로 보인다고요?"

"작년 12월 대정동 원룸 여대생 살인 사건 있잖아. 그때도 심문에 도움 줘서 범인 잡았다니까. 자네 여기 오기 전이라 잘 모르겠지만"

아니, 시우도 알고 있다. 심문으로 자백을 이끌어 내고 증거도 찾았다는 이야기가 꽤 회자됐기 때문이다. 하지만 그걸 민간인인지 자문위원인지가 했다는 말은 처음 들었다.

그때 노크 소리가 들리고 문이 열렸다. 경찰서 방문 출입 카드와 우산을 왼손에 같이 든 로사가 들어왔다. 마르고 껑충 큰 키에 연한 그레이 색의 바지 정장이 잘 어울렸다. 대우가 일어나서 반갑게 그녀를 맞이했다.

"오느라 고생했어. 여기, 인사해. 내가 문자로 설명한 정시우 경위."

"안녕하세요, 안로사라고 합니다."

로사가 낭랑하지만 여유로운 말투로 시우에게 인사를 건넸다. 어딘가 태평한데 틈은 없어 보이는 것이 박대우 서장과 비슷했다. 시우는 어쩔 수 없이 자리에서 일어나 그녀에게 인사했다.

　　"선주 경찰서 강력 3팀 정시우 경위입니다."

2

서장실을 나온 시우는 어떻게 하면 로사를 떼어
낼 수 있을까 생각했다. 안 그래도 사건 때문에 머릿속
이 복잡한데 이런 것까지 떠맡게 하다니, 골이 지끈거
렸다.

"부하를 돕겠다는 건지 골탕을 먹이겠다는 건지,
당최 속을 알 수가 있어야지."

시우는 원망스러운 눈빛으로 서장실을 돌아보았
다. 공감각이 얼마나 수사에 도움이 될지 모른다. 그걸
입증할 만한 충분한 데이터가 있는 것도 아닌데 왜 그
렇게 신뢰하는지 이해가 되지 않았다. 솔직히 자기보
다 자문위원이라는 사람을 더 믿음직하게 바라보는 눈

빛에 자존심에 상처를 입었다.

"수사를 같이 안 할 수 있는 방법이… 없을 것 같
긴 하다."

강력 3팀뿐 아니라 형사과 전체가 바쁘다. 오늘 밤
도 강력 1팀부터 3팀까지 모두 피의자 진술을 받고 있
거나, 밖에 나가 있는 상황이었다. 항상 바쁘긴 해도 요
즘 들어 유난히 사건이 많은 건 사실이었다. 이런 와중
에 1팀 형사 하나가 곧 특진을 할 거라는 이야기가 들
려왔다. 전 여자 친구의 어머니를 살해하고 동생을 잡
아 인질극을 벌인 범인을 잡는 데 큰 공을 세운 젊은
형사였다. 몸을 아끼지 않고 날려서 범인이 동생을 찌
르려던 걸 막았다던가…. 입맛이 썼다. 시우는 텅 빈 3
팀 자리를 물끄러미 바라보았다. 지난 3월에 선주 서
부 경찰서에 와서 4개월이 되어 간다. 하지만 3팀은 여
전히 시우를 낯설어했고, 시우도 그들과 잘 어울리지
못했다. 건강식 마니아에다 음료 하나까지 까탈스럽게
고르는 그가 3팀에게는 다른 세상 사람처럼 느껴지는
모양이다.

"정 형사는 다른 부서가 더 어울리지 않겠어? 먹
는 거 가려 가면서 강력팀 생활을 어떻게 해. 정보계나

과수대를 알아보지그래. 증거 되게 좋아하잖아. 적성에도 딱일 거 같은데."

　막 마흔에 접어든 팀장의 비꼬는 말투 정도는 양반이었다. 이런 반응에는 익숙한 편이었다. 바로 전 서울에 있을 때는 모두 대놓고 시우를 따돌렸다. 학창 시절에도 왕따를 당해 본 적 없던 시우는 기가 찼다. 하지만 똑같이 감정적으로 대할 생각은 눈곱만큼도 없었다. 나는 그저 내 일을 하면 되는 거다. 사건이 생기면 수사하고, 증거를 찾아서 범인을 잡으면 된다. 형사는 범인만 잘 잡으면 된다. 그게 시우의 신조였다.

　자리에 앉아서 빛나는 교회 사건 자료를 정리하는데 로사가 강력팀 사무실을 향해 걸어오는 게 보였다. 시우는 바로 자리에서 일어나 서둘러 나가서 그녀의 앞에 우뚝 섰다. 그녀가 형사들이 일하는 데까지 들어오는 게 싫었다. 쓸데없는 자존심이라고 해도 상관없었다. 신성한 내 일터의 중심에 민간인이 들어와서 형사 흉내를 내는 건 허락할 수 없다. 시우는 그런 단호한 눈빛으로 로사를 쏘아보았다. 그녀는 그저 담담하게 그를 바라볼 뿐이었다.

　"왜요? 사람 표정도 색으로 막 보이고 그럽니까?"

말해 놓고 보니 유치하다. 시우는 괜히 진 것 같은 기분이 들어서 그녀의 시선을 피하며 걸음을 옮겼다.

"갑시다. 같이 확인할 게 있어요."

시우는 보폭을 넓혀 속도를 내어 걸었고, 로사는 뒤처지지 않고 그를 따라갔다.

* * *

시우와 로사는 밤 10시가 조금 넘어서 허재우 남매의 아파트에 도착했다. 지은 지 5년 정도 되는, 고급 주상 복합 아파트였다. 남매의 부모는 장례 절차를 밟을 수 있는 검사 지휘서가 나오는 다음 날 오전까지 교회에서 철야 기도를 한다고 했다. 생각지 못한 불행이 닥쳤을 때 평소 자신의 신앙에 의지하는 것은 시우도 이해할 수 있었다. 하지만 자기 자식이 하나도 아니고 둘이나 사고를 당한 교회에서 밤새 기도하는 게 가능한가? 아무리 그 교회의 교인이라고 해도 그럴 수 있다는 게 신기했다.

"신앙이 유별나게 좋은 건가, 아니면 종교를 갖는

다는 게 그런 건가."

12층 현관 앞에서 시우는 혼잣말처럼 중얼댔다. 지금까지 종교를 가져 본 적 없는 시우는 잘 이해가 되지 않았기 때문이다. 그런데 옆에 선 로사가 너무 반응이 없다. 아무리 혼잣말처럼 들려도, 뭐라고 반응은 해 줘야 하는 거 아닌가. 아, 맞다. 시우는 그제야 로사의 어깨를 툭툭 치며 귀마개를 빼라는 시늉을 했다. 그녀가 평상시에는 늘 귀마개를 하고 있다는 박대우 서장의 말이 생각난 것이다.

"집에 아무도 없으니까 빼도 되잖아요. 얘기할 때마다 얼굴 보고 있기도 불편할 테고."

그의 말에 로사는 순순히 귀마개를 뺐다. 커다랗고 까만 눈동자로 무표정하게 뚫어져라 볼 때에는 꼭 덤비기라도 할 것 같아서 긴장했는데, 자기 말을 따라주는 걸 보니 어쩐지 맥이 풀렸다. 로사가 공감각자라는 것 때문인지, 그녀에게서 풍기는 묘한 카리스마 때문인지, 평원에서 노닥거리는 토끼마냥 태평한 태도 때문인지, 사건이 아닌 다른 데에 자꾸 신경이 쏠리고 있었다.

'정신 차려. 이제부터 진짜 시작이야.'

그는 스스로를 각성시키며 남매의 아버지인 허규석이 가르쳐 준 비밀번호를 누르고 안으로 들어갔다. 거실로 들어선 두 사람은 잠시 그 자리에 서서 집 안을 구경하듯 보기만 했다.

한 치의 흐트러짐도 없이 말끔하게 정리된 거실과 부엌은 마치 모델 하우스를 구경하는 듯한 착각이 들 정도였다. 시우도 로사도 정갈하다 못해 생활감이라곤 전혀 없는 거실과 부엌이 믿기지 않는다는 표정이었다.

"와… 집을 어떻게 이렇게 해 놓고 살지…"

이윽고 시우가 입을 열며 집 안을 둘러보았다. 가장 먼저 눈에 띈 것은 벽에 걸린 나무 십자가였다. 현관 바로 맞은편 벽에 걸어 놓은 커다란 나무 십자가에 흰 벽지, 네이비 계열의 암막 커튼, 커튼과 같은 색깔의 소파에서는 수도원을 연상시키는 경건함마저 느껴졌다. 특이한 건 여느 집이라면 거실 한쪽 벽을 차지하고 있을 벽걸이 TV나 요즘 유행하는 이동식 모니터가 없다는 점이었다. 보통 TV가 있어야 할 자리에는 서양화 한 점이 걸려 있었다. 로사는 그림 앞으로 다가갔다. 붉고 긴 옷을 입은 얼굴 없는 사람이 두 팔을 벌리고 발치에 몸을 웅크리고 있는 전라의 남녀를 금세라도 덮

칠 기세였다. 그리고 그 사람을 금발의 두 사람이 양옆에서 꼭 붙들고 있었다. 그 아래로 세 사람이 아래 전라의 남녀를 향해 팔을 뻗어 그들을 보호하는 듯한 모습이었다.

"아담과 이브의 심판이네요. 조지 프레더릭 와츠라는 영국 화가 그림이에요."

"아, 그럼 저 화난 사람이 신인가 보네요."

로사가 그림에 시선을 둔 채 시우의 말을 받았다.

"그렇겠죠? 아래에 머리를 가리고 앉아 있는 두 사람이 아담과 이브이고."

"미술에 조예가 깊으신가 봐요."

로사가 시우에게 고개를 돌리며 말했다.

"둘째 누나가 유화 전공이라서요. 저 그림도 누나하고 미국 갔을 때 하버드대 미술관에서 봤던 거 같아요."

기억력이 좋은 시우는 어릴 때 본 그림에 대해서는 어느 정도 그 내용을 알고 있었다. 하지만 지금은 그림을 보고 있을 때가 아니다. 그는 허재우의 방으로 걸음을 옮겼다. 거실 벽면 바로 뒤쪽에 있는 방이었다.

"여기가 허재우 방이 맞는 거죠?"

로사는 거실과 견주어 손색이 없을 만큼 단정한 방 안을 보며 확인하듯 물었다.

"그렇다고 했어요. 이 집 식구들은 정리벽이 있는 게 확실하네요."

시우가 질린 표정으로 고개를 저었다. 두께와 크기 순으로 정리된 책장, 각이 딱 잡혀 주름 한 점 없는 침대 시트와 이불. 탁상용 십자가와 알람 시계, 달력이 전부인 책상. 침대 머리맡의 벽에는 나무로 만든 하얀 새 모형이 걸려 있었고, 가구는 모두 짙은 체리목 색이었다. 침대 옆 사이드 테이블 위에는 작은 노트북이 놓여 있었다.

시우는 창가로 다가가 거실과 같은 네이비 암막 커튼을 젖혔다. 창문틀도 먼지 하나 없이 깨끗했다.

"이건 좀 이상해요."

"정리를 너무 잘하는 게요?"

시우는 입을 비죽이며 비꼬았지만 로사는 동요 없이 그 말에 대답했다.

"20대 남자 대학생이 이렇게까지 방을 정리한다고요? 군대도 아닌데. 경위님은 그러셨어요?"

생각해 보니 그렇다. 시우 역시 정리를 잘하는 편

이지만 이 정도는 아니다. 이 집에 들어설 때부터 느껴지던 알 수 없는 위화감은 집이 지나치게 잘 정돈되어 있기 때문일지도 모른다. 게다가 장식품이라고 할 만한 건 벽에 걸린 하얀 새 모형뿐이다.

"정리만 잘된 게 아니라 성격을 알 수 있는 그 어떤 물건도 없잖아요. 소설책이나 장식품, 운동용품 같은 것도요."

그거였구나, 위화감의 원인이. 거실도, 컵 하나 허투루 놓여 있지 않은 부엌도 생활감이 없다. 로사의 말대로 이곳에 사는 이들의 개성이 느껴지지 않는다.

시우는 책상 서랍을 하나씩 열어 보았다. 노트와 문구류만 들어 있는 서랍들 아래에 열쇠로 잠긴 서랍이 하나 있었다.

"이 안에 진짜 자기가 숨어 있겠네요."

"그럴지도 모르죠. 아니면 진짜 자기를 감춰 놓은 매개체가 있거나."

"방에는 허재우의 모습이 없다…?"

"집 전체가 부모든 부모 중 한 사람의 강력한 통제 아래에 놓여 있어요. 그 부모는 분명 모든 걸 확인하려 들걸요. 그럼 나 같으면 집에는 아무것도 안 둬요."

시우는 로사의 말을 확인해 보기로 했다. 열쇠 구멍에는 자잘한 흠집이 꽤 있었다. 누군가 강제로 열려고 시도한 흔적이다. 그는 서랍 안 필기구를 이리저리 뒤지다가 로사에게 물었다.

"실핀 있어요?"

로사는 크로스 백 안을 손으로 더듬었다. 가방 안쪽 주머니 안에 핀 하나가 손에 잡혔다. 로사는 그걸 꺼내서 시우에게 건네줬다. 시우는 실핀으로 구멍 안을 이리저리 흔들더니 어렵지 않게 서랍을 열었다. 안에는 꽤 비싼 디지털카메라 한 대와 카메라를 담는 파우치가 가지런히 놓여 있었다. 파우치 안에는 메모리 카드가 두 개 있었다. 시우는 카메라와 메모리 카드, 파우치를 비닐로 된 증거물 봉투 안에 각각 담았다. 그걸 본 로사가 책상 위 노트북을 증거물 봉투에 담으려 하자 시우가 제지했다.

"이건 제 일이에요."

"네, 그러세요."

시우는 못마땅한 표정으로 로사를 잠시 보다가 노트북을 봉투에 담았다. 그러자 이번에는 로사가 방을 나가더니 동생 허연서의 방으로 향했다. 그 방은 현관 바로 왼쪽에 있었다.

"어, 말도 안 하고 그렇게 혼자 움직이면…"

시우는 로사가 제멋대로 행동해 짜증이 났다. 서둘러 그녀의 뒤를 쫓아 허연서의 방으로 들어갔다. 그 방 역시 허재우의 방과 크게 다르지 않았다. 네이비 암막 커튼에 원목 옷장, 책상. 허재우의 방보다 더 심플했다. 한 가지 다른 점이 있긴 했다. 허재우의 침대 위 하얀 새 모형 벽걸이가 있던 자리에 'GOD, I LOVE YOU'라는 액자가 걸려 있었다. 'LOVE'라는 글자만 빨간색이고 다른 글자는 검은색이다.

"하나님, 나는 당신을 사랑합니다…. 하나님은 당신을 사랑합니다는 많이 봤는데."

로사는 혼잣말을 하며 옷장을 열어 안을 들여다봤다. 교복과 수수한 원피스와 코트가 일정한 간격으로 걸려 있었다. 시우가 그렇게 함부로 열지 말라고 한소리 하려는데, 침대 아래 뭔가가 그의 발에 걸렸다. 빨간색 천이었다. 자세히 보니 여성용 크롭티였다. 시우는 무릎을 꿇고 침대 밑을 들여다보았다. 요즘 유행하는 옷 몇 가지가 아무렇게나 널브러져 있었다. 장에 있는 옷들처럼 흰색, 검은색, 네이비 계열이 아닌 붉은색,

보라색 종류였다. 굽 높은 샌들도 한 켤레 있었다. 로사
도 시우 옆에 쪼그리고 앉아 침대 밑을 살폈다.

"동생은 오빠보다 단순했네요. 이 정도면 엄마한
테 들키고도 남죠."

시우는 로사의 말을 한 귀로 흘리며 널브러져 있
던 옷들을 꺼냈다. 상표도 떼지 않은 새 옷들이었다.
사 놓고 아직 입지 않은 것 같았다. 그 옷들도 증거물
봉투에 넣었다. 이번에는 시우가 먼저 일어나서 방을
나왔다. 로사보다 한발 먼저 행동해야 주도권을 뺏기
지 않을 것 같았다. 현관을 나가려는데 로사가 거실에
걸린 '아담과 이브의 심판'을 가만히 쳐다보았다.

"그만 가죠. 오늘 하실 일은 끝났어요."

시우의 말에도 로사는 고개를 오른쪽으로 기울
인 채 계속 그림만 보고 있었다.

"안로사 씨."

시우가 언성을 살짝 높이자 로사는 그제야 정신
이 든 표정으로 그를 돌아보았다.

"가자고요."

"궁금해서요."

"그림이 궁금한 거면 제가 가면서 얘기해 드릴게

요.”

살인, 상해 사건 수사 중에 그림 감상이나 하고 있다니. 이래서 민간인은 안 돼. 시우는 속으로 혀를 찼다. 혼자 여유로워 보이는 모습에 열이 뻗치려고 했다.

“왜 저 그림일까요? 거실의 가장 중요한 자리에 있잖아요. 다른 그림도 아니고 왜 하필 심판일까요?”

“개인적으로 궁금하신 건 나중에 알아보시죠. 사건에 도움 되는 것만 얘기해 주세요.”

그 말에 로사는 말없이 현관으로 나왔다. 시우는 자기의 짜증이 로사에겐 어떻게 보일지 궁금해졌다. 정말 그녀가 소리를 색으로 본다면 말이다.

“사람 목소리를 색으로 본다고 하셨죠.”

“생명체의 소리는 다 그렇게 보여요.”

“그럼 제가 지금 어떤 기분인지 잘 아시겠네요.”

시우는 빈정거리고 싶은 걸 꾹 참으며 로사를 똑바로 보았다. 로사는 그의 눈빛에 전혀 주눅 들지 않는 얼굴로 그를 쳐다보았다.

“그러데이션 분노라고 하잖아요. 어떤 말들은 선명하게 한 가지 색을 갖지만 안 그런 경우가 더 많아요. 경위님처럼요. 분노, 짜증, 초조함, 긴장감. 여러 가지 색이 파란빛과 어우러져 있어요. 분노할 때 보이는 쨍한 주황색 위주로요. 말 그대로 그러데이션이죠."

시우는 자기 얼굴이 확 달아오르는 게 느껴졌다. 로사는 그저 무관심한 얼굴로 엘리베이터 앞으로 가서 내려가는 버튼을 눌렀다.

"그럼 파란색은 뭔데요?"

시우는 어떻게든 자신의 민망함을 무마해 보려고 그다지 궁금하지도 않은 걸 물어보았다.

"사람들 목소리가 파란색으로 보일 때는, 두려움 때문이던데요. 경위님도 그러세요?"

덤덤한 로사의 목소리에 시우는 입을 다물었다. 엘리베이터가 도착해서 문을 활짝 열고 그들이 타기를 기다렸다.

* * *

다음 날 오전, 경찰서에서 시우는 로사와 함께 교회 경비원의 진술을 다시 들었다. 로사는 그의 진술에 거짓은 없다고 했다. 그럴 거라고 예상했다. 그의 말이

앞뒤가 맞지 않는 것도 아니고, 이 정도는 시우도 말할 때 태도나 표정을 보면 알 수 있었다. 의미 없는 일에 시간을 뺏겼다. 누가 거짓말을 한다고 해도 어차피 공감각 그 자체가 증거가 되기는 어렵다. 거짓말을 발견해도 그것을 뒷받침할 물증을 찾지 못하면 소용없는 일이다. 또 앞으로 필요한 진술은 자신이 어떻게든 받아 낼 수 있을 거다. 시우는 자기 선에서 정리를 해야겠다고 생각했다. 그는 복도 끝에 있는 자판기에서 캔콜라 두 개를 뽑아 드는 로사에게 다가갔다. 로사가 콜라 하나를 시우에게 권했지만 그는 손사래를 치며 거절했다. 시우는 귀마개를 한 로사의 얼굴을 보며 최대한 정확한 발음으로 말했다.

"어제오늘 고생 많으셨습니다. 이제부터는 경찰에서 수사할 일만 남았네요. 바쁘실 텐데 이렇게 참여해 주셔서 감사했습니다."

시우의 말에 로사는 그저 눈을 깜빡이며 쳐다보기만 했다. 알아듣게 잘 돌려서 말한 거 같은데, 내 말이 이해하기 어렵나.

"이제 가 보셔도 됩니다. 서장님께는 제가 보고드리겠습니다."

"그럼 저는 그 집 거실에 걸린 그림에 대해서는 모르고 끝나네요."

"네?"

엉뚱한 질문에 시우는 인상을 찌푸렸다.

"아담과 이브의 심판을 거실 한가운데 놓은 이유요."

후. 시우는 화를 내지 않기 위해 크게 심호흡을 하고는 목례했다.

"조심해서 돌아가십시오."

시우는 그녀의 얼굴에 대고 또박또박 마지막 인사를 한 후 3팀으로 돌아갔다.

3

　허연서가 깨어났다. 그리고 허재우의 빈소도 마련
됐다. 허연서는 뒤통수 왼쪽의 빗맞은 자리를 봉합하
는 수술을 했다. 안에 피가 많이 고이지 않았고 큰 이
상은 없다고 했다. 허재우는 뒤통수 정중앙을 맞아 내
출혈이 일어났다. 그리고 성기가 잘려서 다량의 출혈
을 일으켰다. 결국 사인은 과다 출혈이었다. 국립 과학
수사 연구원에서는 두 사람의 머리에서 나온 돌가루가
흉기와 관련이 있을 거라고 했다. 연락을 받은 시우는
남매의 부모부터 만난 후 허연서에게 가 보기로 했다.
남매에 대해서 먼저 물어보는 편이 좋을 것 같았다. 두
사람은 장례식장이 있는 대학병원에서 만나기를 원했

고 진술 녹음은 거부했다. 빈소는 한국대학병원 장례식장이었다. 허연서가 입원한 세진종합병원과는 차로 15분 정도 떨어진 곳이었다. 세진종합병원에도 장례식장이 있는데 한국대학병원에 빈소를 차린 건, 아버지 허규석이 한국대학교 교수라서 그런 것 같았다. 그는 한국대학교 도시공학과 전임 교수였다. 아내 이선영은 전업주부였다.

'그래도 딸이 입원해 있는 병원에 빈소를 차리는 게 낫지 않나?'

사전 조사에 따르면 허규석과 이선영은 각각 한 번씩 이혼하고 재혼을 한 사이였다. 허연서는 허규석의 딸이고 허재우는 이선영의 아들이다. 혹시 계모인 선영과 딸의 관계가 안 좋은 걸까. 허연서의 침대 밑에서 나온 옷가지를 보면 그럴지도 모른다. 아이를 가까이에서 보고 싶지 않은 이유가 있을지 모르겠다. 일단 만나 봐야 뭐든 좀 알 것 같았다.

허재우의 장례식장은 대체로 차분했다. 기독교 집안답게 십자가가 죽은 허재우의 명패 위에 새겨져 있고, 밥상마다 작은 나무 십자가가 놓여 있었다. 부의금을 받는 자리와 방명록에도 십자가가 찍혀 있는 걸 보면 어지간히 독실한 집안인 것 같았다. 식사도 육개장이 아닌 허재우가 좋아했다는 춘천 닭갈비가 나왔다. 언뜻 일반적인 장례식처럼 보이지만 자세히 보면 전통적인 모습과는 거리가 멀었다. 허재우와 이선영은 아주 고상하고 품위 있었다. 시우는 빈소에 절을 한 후 두 사람을 마주했다. 부부는 절 대신 악수를 청했다.

"재우가 그렇게 빨리 교회에 온 줄은 저희도 몰랐어요. 그날 약속이 있다고 했거든요."

선영은 손수건으로 이미 붉은 눈두덩을 연신 닦아 내며 울먹거렸다. 그녀의 얼굴은 무광의 검은색 상복 때문에 더 핼쑥해 보였다.

"아드님 일은 정말 안됐습니다. 하루빨리 범인을 잡을 수 있도록 최선을 다하겠습니다."

시우가 살짝 고개를 숙이며 입을 열었다. 규석과 선영은 천천히 고개를 끄덕였다. 선영의 눈에서 다시 눈물이 흘렀다. 선영에게는 시간이 좀 필요한 것 같아 먼저 규석의 이야기부터 듣기로 했다. 두 사람은 장례식장 로비 한쪽에 마련된 카페에 자리를 잡았다. 규석은 앉자마자 입을 열었다.

"재우는 집사람이 데려온 아이지만 제 친아들이

나 다름없다고 생각하며 키웠어요. 처음 본 게 재우가 중1 때였는데, 잘 웃고 인상이 좋았어요. 저는 아들, 딸 다 원했기 때문에 재우가 저를 거부하지 않는 게 너무 다행이라고 생각했습니다. 그 시기 애들이 그렇잖습니까. 반항도 많이 하고 엇나가고요. 재우는 안 그랬어요. 교회에서도 선생님들, 목사님들한테 항상 칭찬받는 애였어요. 연서한테도 좋은 오빠였고요. 재우가 신앙적으로 아주 모범이 되어 줬거든요. 재우는 연서가 좁은 길로 가도록 인도해 주려고 애썼습니다. 대학도 기도하는 가운데 주님이 호주로 가라는 마음을 주셔서 거기로 간 겁니다. 가끔 게으름 부릴 때도 있고 아침에 늦게 일어난 적도 있지만, 그거야 그 나이 때는 얼마든지 그럴 수 있는 일이고요. 재우가 그렇게 주님 곁으로 간 건, 의인이 고통받는 모습이 아닐까 그런 생각을 하고 있습니다. 걔는 누구한테 미움 살 만한 애가 아닙니다. 제가 보장합니다."

규석은 미리 정리해 둔 문장들을 그대로 읊는 것 같았다. 시우는 그의 말 중 걸리는 게 있었다.

"아드님께서 따님을 좁은 길로 인도해 줬다고 하셨는데, 좁은 길이라는 게 정확히 뭡니까?"

"아, 뭐라고 해야 될까요. 올바른 길이요. 옳은 길이라고 해야 되나요."

"그럼 따님이 좀 말썽을 부렸다는 뜻입니까?"

"아버지가 돼서 이런 말하기 그렇지만, 솔직히 부끄럽습니다. 조심스럽긴 하지만 이번 일도 연서 때문이 아닐까 싶고요."

중학생인 연서의 나이를 감안하면 한창 어른들이 대하기 어려운 나이이기는 하다. 성장기 청소년의 어찌 보면 당연한 반항 아니었을까. 그래도 자기 딸을 이렇게까지 말하는 게 시우는 이해가 되지 않았다. 아무리 문제가 많더라도 말이다.

"그렇게 말씀하실 만한 이유가 있을 텐데요. 따님이 이상한 사람들과 어울렸습니까?"

"그건 모르겠지만 친구들이 착한 것 같지는 않습니다."

"혹시 따님 주변에 이런 일을 벌일 만한 사람이 있을까요?"

"주변 사람보다 연서가 더 문제 아닌가 싶습니다."

"…아버님, 그 말씀이 저한테는 따님이 무슨 일을 했을 수도 있다라고 들리는데요. 그런 뜻 맞습니까?"

규석은 입을 다물었다. 그러나 부인하지 않았다. 시우는 선영이 과연 연서에 대해 어떻게 말할지 궁금해졌다. 그녀는 아들의 빈소를 떠날 수 없다며 주방 옆의 구석 테이블에서 진술하기를 원했다. 약 한 시간 사이에 그녀의 얼굴은 더 부어서 푸석푸석해져 있었다.

"제 아들이어서가 아니고, 재우는 정말 집안의 빛이었어요. 어디서나 그랬어요. 저희 속 썩인 일도 없고 찬양 인도도 참 잘했는데…. 주님이 너무 사랑하셔서 먼저 데려가셨나 봐요. 이렇게 갈 줄은 몰랐지만…."

선영은 울컥하며 손수건으로 코를 훔쳤다.

"혹시 누구한테 원한 살 만한 일은 없었나요? 교회에서 사이가 안 좋은 사람은요?"

시우가 묻자 선영은 고개를 절레절레 흔들었다.

"재우는 그런 애 아니에요. 친구들하고 사이도 좋았어요. 왜 그렇게 물어보세요?"

선영은 순식간에 공격적으로 변했다. 시우는 그녀를 진정시키기 위해 한 박자 쉬었다가 답을 했다.

"통상적인 질문입니다. 주변에 의심 갈 만한 사람들이 없는지 알아봐야 해서요."

"우리 재우가 얼마나 인기도 많고 착했는데요….

연서 친구들 중에서도 좋아하는 애들 많았어요. 다들 오빠 오빠 하면서 따르고…"

"따님과도 사이가 좋았겠네요."

시우가 아무것도 모르는 척하며 물었다. 연서 이야기가 나오자 선영의 얼굴에 냉한 기운이 감돌았다.

"남매가 다 그렇죠, 뭐."

"네, 싸우기도 하면서 크는 거니까요."

"아뇨. 재우는 싸우지 않아요. 절대."

시우가 놀라서 선영의 얼굴을 쳐다보았다. 그녀는 단호하고 엄한 표정으로 시우의 눈을 마주하며 물었다.

"형사님, 이거 연서가 뭔가 관련됐을 가능성은 없겠죠? 설마 그렇지는 않겠죠?"

시우는 선영이 무슨 대답을 원하는지 알 수 없었다.

"아직은 그 어떤 대답도 드릴 수 없습니다."

원론적인 대답을 한 시우는 바르르 떨리는 선영의 입술을 보며 조심스럽게 물었다.

"어머님, 두 사람이 그날 교회에 왜 갔죠?"

"재우는 친구 만나고 바로 교회에 온다고 했고, 연서는 연습을 한다고 했어요. 연서가 주일날 헌금 시간에 삼중주 연주를 하기로 했거든요. 그렇지 않으면 수요일에 교회에 올 애가 아니에요. 재우는, 예배를 빠진 적이 없어요. 개한테는 수요 예배에 오는 게 당연한 일이에요."

선영은 마치 아들이 지금 옆에 살아 있는 것처럼 자랑스러운 표정을 지었다.

"따님은 부모님하고 따로 갔나요?"

"같이 갔어도 그 후의 일을 저희는 모르니까요."

선영의 표정에서 연서에 대한 불신을 넘어 분노가 느껴졌다.

"아드님이 만난다고 한 친구하고, 따님하고 같이 연습하기로 했던 친구들 연락처 좀 알려 주십시오."

"재우는 윤형식이라고, 제일 친한 친구 있어요. 유학도 같은 대학으로 갔고요. 연서는 다른 연주자들이랑 같이 한 게 아니고 혼자 연습하러 간 거예요. 형식이 연락처는 제가 문자로 보내 드릴게요."

마침 누군가 목사님이 오셨다고 알렸다. 선영은 머리를 매만지더니 옷매무새를 가다듬었다. 그러곤 테이블 위 접시들을 똑바로 줄세우고 수저통까지 다른 테이블과 맞닿은 가장자리에 맞춰 놓고는 자리에서 일어났다. 그걸 보고 있자니 허재우의 방을 보고 군대도 아닌데 20대 남자가 이렇게까지 정리를 하냐고 했던 로사의 말이 떠올랐다.

"어머님, 따님 병원에 가 보셨습니까?"

서둘러 목사에게 가는 선영의 뒤에 대고 시우가 물었다. 그도 자신이 왜 이런 질문을 굳이 하는지 알 수 없었다. 어쩐지 물어봐야 할 것 같았다. 그녀는 힐끗 시우를 돌아보더니 이해가 안 된다는 표정으로 대답했다.

"지금 그럴 정신이 어딨어요?"

시우는 곧장 슬픔이 가득한 얼굴로 목사 앞에 허리를 숙이는 선영과 규석을 지켜보았다. 40대쯤 되어 보이는 차분한 분위기의 목사가 두 사람의 등을 번갈아 쓰다듬으며 위로했다. 이로써 확실해진 것들이 있다. 부모는 듣던 대로 교회에 굉장히 열심이라는 것. 그리고 딸인 허연서를 의심한다는 것. 시우는 수첩에 '왜?'라는 물음표를 남겼다.

* * *

로사는 연구소의 간단한 임상 실험 서류 작업을 끝낸 후 인터넷에서 '성화'를 검색했다. 미국의 임상 연구에 참여하고 돌아온 지 얼마 되지 않아 아직 프로젝트가 없어서 시간에 여유가 있었다. 성화는 예수가 어린 양을 안고 있거나 최후의 만찬을 나타내는 이미지가 대부분이었다. 그다음으로 사람들에게 가르침을 주거나 십자가의 고난을 당하는 예수의 모습이 많았다. 허재우 남매의 집 거실에 걸려 있는 그림은 그냥 '성화'로 검색할 때는 나오지도 않았다. 로사는 시우가 말한 '아담과 이브의 심판(Denunciation of Adam and Eve, George Frederick Watts)'으로 검색을 했다. 설명을 보니 신이 불순종한 아담과 이브에게 화를 내고, 천사들이 그런 신을 말리고 아담과 이브를 보호하는 모습이라고 했다. 일반적이지는 않았다. 로사가 만나 본 종교인들은 심판보다 신의 사랑을 더 많이 이야기했다.

"심판하는 신이 지배하는 집. 강력한 통제. 오락거리가 전혀 없는 아이들 방…. GOD, I LOVE YOU…. 신이 아닌, 내가 신을 사랑한다는 고백."

자녀들이 어릴 때에는 부모의 이런 통제가 어느 정도는 통한다. 하지만 사춘기에 접어들면서는 다르다. 그래서 로사는 연서의 침대 밑에서 나온 크롭티와 하이힐을 자연스럽게 받아들였다. 신기한 건 허재우였다. 스물두 살이면 성인인데도 그는 부모의 통제를 따른 듯했다.

　'이게 허재우의 죽음과 관련이 있을까?'

　아니다. 이제 이건 나와 상관없는 일이다. 로사는 머릿속에서 좀 전에 한 질문을 지웠다. 그래도 관심이 가는 게 있었다. 그들의 부모. 누가 이 집을 이토록 강력하게 통제하고 있는지, 아이들에게 어떤 영향을 얼마나 끼친 것인지 궁금했다.

　경찰서에서 시우가 보인 태도는 로사가 더 이상 수사에 관여하지 않기를 바라는 게 분명했다. 로사도 수사에 끼어들 생각은 없었다. 원하는 정보만 주면 된다. 진술이 거짓인지 아닌지에 대해서. 로사는 그 부모가 어떤 사람들인지, 단지 그게 궁금했다. 부모는 자식의 인생에 지대한 영향을 끼친다. 그것이 좋은 쪽이든 나쁜 쪽이든. 이에 대한 수많은 연구 자료도 있다. 그래도 개인에게는 각자의 특수한 사정이라는 것이 늘 존

재한다. 그래서 알고 싶다. 그들의 사정을. 수사 자문을 하지 않더라도 그들의 부모에 대해 알 수 있는 방법은 없을까. 로사는 일단 검색창을 닫고 다음에 진행할 예정인 프로젝트를 클릭했다. 우울 집단 기혼 여성과 비우울 집단 기혼 여성의 사회 활동 비교. 로사의 마음을 끄는 임상 연구는 아니었지만, 하고 싶은 일만 할 수는 없는 법이다. 그녀가 프로젝트 진행 일정을 확인하고 있는데, 팀장인 서진이 모니터 옆으로 얼굴을 불쑥 내밀었다.

"장미, 여기는 왜 왔어. 경찰서에 있어야 되는 거 아니야? 회사가 그렇게 좋아? 이건 올바른 직장인의 태도가 아닌데."

로사는 싱긋 웃었다. 로사보다 세 살 위인 서진은 사교성이 좋고 다정다감했다. 서진은 그녀를 '장미'라고 불렀다. 로사가 한국어로 장미니까 그렇게 부르는 게 맞다는 거다. 대학 때 같은 과 동기들이 '꽃집', '꽃다발'이라고 부르던 거에 비하면 훨씬 좋다.

"오늘 아침에 갔더니 이제 그만 오라고 하던데요."

로사의 말에 서진은 의아한 표정으로 들고 있던 서류 더미에서 공문 한 장을 꺼냈다.

"아니야, 아까 정식 공문 왔어. 너 당분간 경찰서로 출근이야."

로사는 서진에게서 받은 공문을 자세히 봤다. 점심시간에 연구소 대표 메일로 온 것으로, 빛나는 교회 사건의 모든 관련자들의 진술이 마무리될 때까지 협조를 바란다는 내용이었다. 분명히 박대우의 이름과 도장이 들어가 있었다.

"이상하다, 그건 분명히 나보고 그만 오라는 건데…"

로사는 연구소에 들어와서 내내 충전기에 꽂아둔 휴대폰을 그제야 켰다. 시우의 문자가 두 통 와 있었다. 문자를 확인하는 대로 연락을 달라는 내용이었다. 궁금증을 풀 수 있는 기회다. 로사는 시우에게 답문을 보내며 자리에서 일어났다.

* * *

시우는 텀블러에 든 커피를 마시며 로사의 얼굴을 어떻게 봐야 하나 궁리 중이었다. 허재우의 친구인

윤형식을 만났을 때는 괜찮았다. 그는 시우가 묻는 말에 성심성의껏 대답했다. 윤형식도 허재우의 부모처럼 그가 굉장히 모범적이고 착한 친구였다고 증언했다. 대체 누가 그런 사람을 죽이고 싶어 한 건지 이해를 못 하겠다며 친구의 죽음을 슬퍼했다. 그는 호주에서 귀국한 다음 날이라 시차 적응이 덜 돼서 자느라 아무것도 몰랐다고 했다.

시우가 난감해진 건 그다음이었다. 이 사건에서 가장 중요한 참고인이자 피해자인 허연서 때문이었다. 연서를 만나러 병원에 간 시우는 열다섯 살 여중생에게서 어떤 진술도 들을 수 없었다. 머리에 붕대를 감은 연서는 입을 딱 다물고 천장만 보면서 시우의 질문에 단 한마디도 대답하지 않았다. 이런 말 저런 말로 위로도 하고 달래도 봤지만, 열다섯 살 질풍노도자의 마음을 열기에는 부족했던 모양이었다. 손목에 적혀 있던 'LV2416'에 대해 물어도 허공에 둔 시선을 끔뻑일 뿐이었다. 인내심이 바닥난 시우가 본색을 드러내며 이런 식의 진술 거부는 도움이 되지 않는다고 짜증스럽게 말하자, 연서는 갑자기 폭발해서 사이드 테이블 위에 있던 물건들을 닥치는 대로 집어던졌다. 머그잔에 어깨를 맞은 시우는 순경 보기가 무안해 그 자리에 있기가 힘들었다. 간호사들이 들어와서 연서를 진정시키는 동안 시우는 애써 체면을 차리며 나중에 다시 오겠다는 말을 남기고 서둘러 병실을 나왔다.

"그러게, 도움 잘 받으라니까 하루도 안 돼서 돌려보내긴 왜 돌려보내."

박대우 서장은 연강 심리 연구소에 공문을 발송하라는 지시를 내린 후 시우를 곱게 흘겨보았다. 시우는 아무 대답도 못 하고 서장실을 나와야 했다. 그의 부사수인 재경은 계속 잠복 중이어서 들어올 수 없다는 문자만 보냈다. 일도 일이지만 자기를 피하려고 잠복근무를 자처하는 것 정도는 시우도 눈치채고 있었다. 전에 있던 서울 동부 경찰서에서도 겪었던 일이다. 다들 그와 함께 일하는 걸 힘들어했다. 재경도 그런 게 분명했다. 쓸쓸하긴 하지만 어쩔 수 없는 일이다. 시우도 자기가 까다롭다는 걸 알고 있었다. 하지만 일할 때는 깐깐해야 한다. 또 개인의 취향은 존중되어야 한다. 내가 내 몸 생각해서 건강식 위주로 먹겠다는데, 받아들일 수 없다면 어쩔 수 없는 일이다.

이렇게 된 이상 안로사를 다시 어떻게 마주해야

하나, 그게 가장 큰 문제였다. 여기보다 밖에서 우연히 마주친 척하는 편이 더 나을까? 그래, 내 자리에서 보는 것보다는 차라리 덜 민망할지도 모르겠다. 시우는 텀블러 덮개를 덮은 후 밖으로 나갔다. 건물 주차장 앞 도로에서 기다릴 생각이었다. 마침 현관으로 20대 남자가 여성청소년과 형사들에게 양팔이 붙잡혀 들어오고 있었다. 20대 여자가 바로 따라 들어오고 있었고, 그 뒤로 로사가 거리를 두고 천천히 들어왔다. 로사를 발견한 시우가 호흡을 가다듬는데, 붙잡혀 오던 남자가 난동을 부리기 시작했다. 남자는 형사들의 팔을 뿌리치고는 누명을 썼다며 그 자리에서 고함을 쳤다.

"나 진짜 아니에요! 내가 왜 저 여자를 따라가요! 난 진짜 거기 친구 만나러 갔다니까요!"

"아니에요! 분명히 지하철역에서부터 따라왔어요! 전에도 몇 번이나 그랬다고요! 우리 집 앞에 있다가 잡힌 거면서 계속 거짓말만 하고!"

형사들이 일단 들어가서 사실 관계를 따져 보자고 해도 남자는 들어가지 않으려고 발버둥 쳤다. 그때였다. 뒤에 있던 로사가 귀마개를 빼고 남자 앞쪽으로 걸어가 그를 빤히 쳐다봤다.

"야! 내가 왜 너 따위를 쫓아가! 그 옆이 내 친구 집이라니까? 형사님들, 진짜예요!"

그는 여청과에 들어가지 않으려 있는 힘을 다해 버티며 악을 썼다. 여자에게 멀쩡한 사람을 모함한다며 고래고래 소리 지르고 욕하는 남자를 빤히 보던 로사가 형사들에게 시선을 돌리며 말했다.

"거짓말이에요. 이 사람이 하는 말."

다들 한순간 멍한 표정으로 로사를 바라보았다. 그녀는 주변 시선에 아랑곳하지 않고 태평했다. 남자는 어이가 없다는 듯 소리쳤다.

"아줌마가 뭔데 참견이야!"

로사는 눈 하나 깜짝하지 않았다. 가만히 그의 얼굴을 감싸고 있는 형광색에 가까운 진한 주황빛을 응시할 뿐이었다.

"아줌마 아니고, 심리 연구원. 이 경찰서 자문위원이고."

"그게 뭐! 뭐 어쩌라고!"

남자가 더 악을 쓰며 목청을 높였지만, 로사는 차분히 그를 살피며 말했다.

"동공이 수축되고, 얼굴이 붉어지는 건 거짓말을

하고 있다는 가장 기본적인 신호인데, 지금 그쪽이 딱 그래."

말리려고 급하게 다가가던 시우가 걸음을 멈췄다. 로사가 어떻게 할지 한번 보고 싶었다.

"아줌마, 아니, 무슨 위원님아, 지금 뭐 미드 흉내 내시는 거예요? 그런 거 요즘 모르는 사람도 있나? 그거 구라 아니어도 그럴 수 있다더라, 어디서 약을 팔아."

남자는 코웃음을 치며 금방이라도 상대를 잡아먹을 듯 눈을 부라리며 다가갔다. 로사는 조금도 동요하지 않고 질문을 던졌다.

"그럼 진짜 친구 만나러 갔어요?"

"네."

로사가 갑자기 존댓말을 하자 남자도 엉겁결에 "네."라고 대답했다. 새빨간 빛이 그의 목 주변에서 얼굴 위로 연기처럼 퍼져 나갔다. 그 말에 로사가 빙긋 웃었다.

"거짓말 맞는데. 네, 라고 하기 전에 고개 살짝 가로저은 거, 너도 몰랐지."

남자는 순간 "어…" 하고 바보 같은 소리를 내뱉

더니 그대로 얼어 버렸다. 옆에서 지켜보던 여자는 그
거 보라고, 내 말이 맞지 않느냐며 씩씩거렸고, 형사들
은 다시 양쪽에서 남자를 붙잡았다. 로사가 그들이 여
청과로 들어가는 걸 보는 사이 시우가 다가갔다.

"저희 일도 이렇게 해야 된다고, 서장님이 그러시
더라고요."

시우는 최대한 아무렇지 않은 척했다. 그러자 로
사는 피식 웃으며 귀에 귀마개를 끼웠다.

"네. 그럼 뭐부터 할까요?"

그는 아차 했다. 귀마개를 하지 않은 로사는 시우
가 어떤 기분인지 정확히 알고 있을 거다. 무안함, 창피
함. 그는 빠른 걸음으로 먼저 경찰서 건물을 나섰다.

4

로사는 허연서가 입원한 병원에 혼자 가기로 했다. 아이가 시우에게 거부감을 보인 지 하루도 지나지 않았는데 다시 만나는 건 좋지 않을 듯했다. 시우는 생각보다 순순히 동의했다. 허연서가 닥치는 대로 물건들을 집어 던졌던 게 꽤 타격감이 컸던 모양이다. 그런데다가 과수대에서 빛나는 교회 CCTV를 분석한 결과 수상한 사람이 잡혔다는 연락이 왔다. 시우는 일단 서로 돌아가서 그 사람의 신상을 파악하기로 했다.

"잘, 하실 수 있죠?"

시우가 불안한 눈초리로 세진종합병원 로비에 들어가려는 로사의 걸음을 막았다. 로사는 큰 눈을 태평하게 깜박거렸다.

"뭐, 걔가 던지면, 저도 던지면 되죠."

"농담하지 마시고요. 부탁 좀 할게요."

시우의 양미간에 주름이 잡혔다. 마치 반듯하게 펼쳐진 하얀 천에 구김이 가는 것처럼. 로사는 알겠다며 슬쩍 웃어 보이고는 그와 정문 앞에서 헤어졌다.

연서의 병실에 들어간 로사는 귀마개를 빼고 천천히 침대 옆으로 다가갔다. 턱이 약간 각이 지고 짙은 일자 모양의 눈썹을 한, 예쁘고 앳된 연서의 옆얼굴이 눈에 들어왔다. 조그마한 머리를 감싼 하얀 붕대가 비니처럼 보일 만큼 귀여웠다. 병실을 지키던 순경이 연서에게 일어나라고 하자 로사는 괜찮다는 뜻으로 손을 내저었다. 그러고는 순경이 문 옆의 자리에 가 앉을 때까지 기다렸다가 연서의 머리맡에 가 섰다.

"안녕."

로사가 특유의 여유로운, 밝은 초록색 말투로 살짝 손을 흔들어 보였다. 연서는 힐끗 보기만 할 뿐 아무 말도 하지 않았다. 마치 자기 옆에 아무도 없는 것처럼 계속 허공만 응시했다.

"나는 안로사라고 해. 경찰서에서 오긴 했는데, 경

찰은 아니고."

로사가 의자에 앉으며 아무렇지 않게 말을 이어가자 연서는 다시 눈동자를 그녀 쪽으로 굴렸다.

"말장난 한번 신박하네."

"장난 아닌데. 나 경찰 아니고, 이렇게 얘기하러 다니는 사람이야."

로사는 괜히 코끝이 시큰해지려는 걸 참으며 답했다. 아이의 목소리가 짙고 어두운 네이비블루였기 때문이다. 몹시 우울하고 외로운 색. 한창 여러 가지 감정의 색이 복합적으로 섞여 나타날 나이에 이토록 무거운 단색이라니. 그런 아이들을 보면 마음이 짠해진다.

"경찰서에 그런 사람도 있나?"

연서는 좀 전보다 누그러진 태도로 로사를 향해 고개를 돌렸다. 로사는 얼른 고개를 끄덕거렸다.

"아침에 형사 아저씨 와서 싫었던 거 아니야? 그래서 내가 온 거야."

로사는 무심코 아이의 긴 소매를 가만히 접어 올렸다. 연서가 워낙 말라서 그런지 안 그래도 큰 환자복이 더 헐렁해 보였다. 순경은 연서가 또 난리라도 칠까 봐 자리에서 일어나려고 했지만, 의외로 아이는 가만히 있었다.

"그래도 나는 할 말이 없어요."

아이 입에서 처음으로 존댓말이 나왔다. 목소리
는 여전히 네이비블루였다.

"얘기하고 싶지 않은 거야, 아니면 다른 이유가 있
는 거야?"

로사는 자신의 목소리가 차분한 베이지인 것을
보았다. 위로의 색이다. 왜 나는 이 아이를 위로하고 싶
은 걸까. 로사도 자기 마음을 정확히 알 수 없었다.

"…아무것도… 기억나지 않으니까."

연서는 목이 멘 목소리로 겨우 말을 꺼냈다. 가슴
속에 꾹 담아 놓았던 울음이 막 터지려고 했다. 어두
운 자줏빛이었다. 슬픔이 배어 나오는 색이다. 그때 간
호사가 링거를 들고 들어왔다.

"허연서 님, 식사를 잘 안 하셔서, 영양 공급하는
주사 맞을게요."

말의 내용과 달리 탁한 주황색의 짜증 가득한 소
리였다. 간호사가 꽂아 놓은 바늘을 찾으려고 로사가
접어 준 소매를 확 걷었다. 그러자 연서는 다른 손으로
간호사의 뺨을 냅다 갈겼다.

"내 몸에 손대지 마!"

연서가 분노에 차서 씩씩댔다. 그 목소리조차 탁한 주황색보다 네이비블루가 훨씬 많았다. 아무 이유 없이 뺨을 맞은 간호사는 화가 잔뜩 나서 연서를 쏘아보았다. 로사는 얼른 둘 사이에 끼어들어 연서의 구겨진 소매 끝을 다시 곱게 접어 주었다.

"괜찮아."

로사의 조용한 한마디에 연서는 일으켰던 윗몸을 도로 침대 위에 털썩 내려놓았다. 연서의 가늘고 힘없는 몸이 한없이 무겁게 내려앉는 것처럼 보였다. 로사가 간호사에게 링거를 꽂아도 된다는 눈짓을 하자, 간호사는 오르는 화를 꾹 참으며 링거를 놓고는 쌩하니 나가 버렸다. 연서는 고개를 돌린 채 계속 로사를 외면했다. 오늘은 여기까지만 해야겠다. 아이가 화를 내고 무안해서 나를 보지 못하는 거다.

"오늘은 이만 갈게. 내일 또 와도 되지?"

로사의 말에 연서는 아무 대답이 없었다. 로사가 순경에게 목례를 하고 나가려는데, 연서의 힘없는 목소리가 들렸다.

"몇 시에 올 건데요."

"오전 10시쯤?"

연서는 로사를 외면한 채 고개를 끄덕여 보였다.

* * *

정확한 건 검사를 해 봐야 알겠지만, 로사가 볼 때 연서는 중증 우울증이 확실했다. 우울증 하면 대개 우울감, 무가치감, 부적절한 죄책감 등을 많이 떠올린다. 하지만 청소년 우울증은 그보다 짜증과 신경질, 공격성이 더 많이 드러난다. 연서가 그렇다. 그 아이가 공격적이고 거칠어 보이는 건 지나치게 신경질적이기 때문이다. 그러다가 한순간 끝없이 무기력해진다. 로사는 시우에게 연서의 심리 검사가 시급하다는 문자를 보냈다. 오빠인 허재우가 죽고 자기가 다쳤던 사건 당시 일을 기억 못 한다는 것도 마음에 걸렸다. 아이들이 아프면 더 마음이 쓰인다. 로사는 그게 자신이 겪은 어릴적 일과 무관하지 않다는 것을 잘 알고 있었다.

로사는 아홉 살 때 자신의 공감각을 충분히 이해해 주고 받아들여 준 가족을 한꺼번에 잃었다. 큰삼촌의 아들, 사촌 오빠인 다횐이 휴일 밤에 찾아와서 가족을 살해했다. 전부 다. 그때 그는 고작 열네 살이었다. 방에서 혼자 자고 있던 로사는 거실에서 나는 이상한 소리에 깨서 문을 열었다가 다횐이 휘두르는 방망이에 맞고 쓰러졌다. 그리고 며칠 후 병원에서 혼자 깨어났다. 그때 수술한 자국이 왼쪽 귀 윗부분 헤어라인에 남아 있다. 로사는 그 일로 초등학교 때까지 작은 삼촌 집에서 살며 인생에서 가장 괴로운 시간을 보냈다. 아버지는 생전에 지나치게 엄격하고 격식을 따지는 친가 분위기를 비판하곤 했다. 로사와 언니인 모네도 자유롭게 키웠다. 그래서 이런 일이 생긴 거라고, 어른들은 오히려 다횐을 두둔하고 그녀의 부모를 험담했다. 다횐의 아버지가 유명한 변호사라는 점도 작용했던 것 같다. 거짓말과 위선의 빨간색, 긴장을 드러내는 남보라색으로 뒤덮였던 그곳에서 로사는 상처투성이가 됐다. 그녀를 구원한 건 정신과 의사였던 어머니의 먼 친척이었다. 그녀가 로사에게 같이 살자며 손을 내밀었다. 덕분에 로사는 중학교에 들어가면서 친가 친척들에게서 탈출할 수 있었고, 대학에 갈 때까지 그 집에서 살았다.

아이들은 불행한 일을 당하면 안 된다는 확고한 신념은 이 일 때문에 생겼다고 해도 과언이 아니다. 더구나 오빠와 같은 곳에서 죽을 뻔했다가 혼자 살아남은 연서가 자기 자신과 겹쳐 보이는 것도 사실이었다. 물론 감정 이입이 위험하다는 것은 로사도 잘 알았다. 수많은 임상을 거치면서 내담자와 자신을 경계 짓는 훈련도 했다. 로사는 연서와 의식적으로라도 거리를 둬야 한다는 걸 이미 인지하고 있었다. 그녀는 연서와 자기 사이에 보이지 않는 선을 그었다.

그리고 지금은 무엇보다도 연서 집에서 강한 통제권을 갖는 사람이 누구인지가 궁금했다. 아이들의 문제 뒤에는 반드시 주변의 어른이 있다. 숨어 있는 악. 이번 사건과는 별도로 로사가 알고 싶은 게 바로 그것이다. 허연서의 집은 왜 심판이 가장 중요할까. 거실에 들어가자마자 제일 먼저 눈에 띄는 곳에 '아담과 이브의 심판'이 걸려 있다는 건 굉장히 의미가 있다. 무엇이 연서의 집을 그렇게 만들었을까. 호기심에 가까웠던 물음이 연서를 만나고 난 뒤 꼭 알아내야겠다는 다짐으로 변했다. 연서의 마음이 낫는 데 도움이 되고 싶었다.

과수대에서는 교회에 하나밖에 없는 본관 로비

CCTV와 허재우의 노트북, 휴대폰을 조사했다. 허재우의 노트북과 휴대폰에서 특별한 단서가 될 만한 것은 나오지 않았다고 했다. 노트북에는 교회 관련 영상들을 제외하면 수업 리포트들과 자료들, 영상, 음악 편집 프로그램, 인기 있는 드라마 몇 편이 다였다. 가장 많은 비중을 차지하는 교회 영상들은 대부분 예배나 교회 행사 영상들로 거의 허재우가 직접 찍은 걸로 보였다. 몇몇 영상은 편집도 되어 있었다. 과수대 양 순경은 CCTV 화면을 모니터에 띄워 놓고 먼저 휴대폰과 노트북에 대해 설명했다.

"휴대폰도 그냥 평범했어요. 노트북이고 휴대폰이고 뭘 지운 흔적도 없고요. 그런데 피해자가 수요일에 친구 만난다고 했다면서요. 수요일에 연락을 주고받은 게 오전 11시가 마지막인데, 아버지하고 통화한 거예요. 친구로 보이는 사람하고 연락한 게 없어요. 문자나 톡도요."

"오케이. CCTV는요."

"여기 교회가 1층부터 지하 3층까지 구조가 똑같다면서요. 다른 게 있다면 1층은 로비가 있고, 여기 왼쪽에 좁은 복도 옆으로 홀로 들어가는 문이 있는데,

지하는 1층 벽이 있는 자리에 커다란 문이 있다는 거고요."

"맞아요. 그랬어요."

시우는 1층부터 지하 3층까지 건물 좌우에 계단이 있고, 홀을 마주 보고 섰을 때 왼쪽에 좁은 복도가 있는 구조를 머릿속에 떠올렸다. 복도를 사이에 두고 홀 맞은편에 화장실이 있고, 막다른 곳에 좁은 계단이 있었다. 1층에는 계단이 있는 곳에 밖으로 나가는 뒷문이 있었다. 양 순경은 모니터 앞에 바로 앉아서 설명을 시작했다.

"여기 보면요, 7시 31분에 그 전에는 들어간 게 확인되지 않은 남자가 저 왼쪽 좁은 복도를 나와서 잠깐 두리번거리다가 다시 복도로 들어가요. 그리고 안 나와요. 이 사람만 교회로 들어온 게 안 잡혔어요."

"최초 신고자는요. 잡힌 거 있어요?"

양 순경은 시간대를 뒤로 돌려서 경비원이 나오는 장면을 보여 줬다.

"여기요. 8시 11분에 로비로 들어와서 오른쪽으로 가고 있어요."

"엘리베이터가 오른쪽에 있죠."

CCTV로는 본관 1층 양쪽 끝이 보이지 않았다. 계단도, 엘리베이터도 잡히지 않는다.

"네. 그리고 보시면, 8시 14분에 다시 오른쪽에서 나타나 가로질러 가고 있어요."

"112에 신고하고 교회 행정실에 알리러 갔다고 한 게 이거군요."

이제 복도에서 나온 남자의 신원을 파악해야 한다. 시우가 인사를 하고 나가려는데, 양 순경이 잠깐 기다리라며 다시 영상을 돌리기 시작했다. 이내 남자가 복도 앞에서 두리번거리는 장면에서 멈추더니 남자의 얼굴을 키웠다. 남자의 옆얼굴이 정확하게 보였다.

"교회에 확인해 봤는데, 대학청년부 담당 목사가 알아봤어요. 이용태라고, 이 교회에 다니다가 한 달 전쯤 그만두고 나갔답니다. 회사 주소하고 집 주소 알아놨는데, 문자로 보내 드릴게요."

"고마워요."

시우는 양 순경의 어깨를 살짝 잡으며 고마움을 표시했다. 시우가 혼자서 수사하는 걸 알고 도와주는 것이다.

"아 참, 그 디지털카메라 SD카드요. 바이러스에

손상된 거 같습니다. 복구는 할 수 있는 데까지 해 볼 게요."

시우는 다시 한번 감사 인사를 하고는 그 길로 나가서 이용태의 소재를 파악했다. 이용태는 회사에서 퇴근해 집으로 가는 중이었다. 시우는 서둘러 그가 산다는 오피스텔로 향했다. 다행히 이용태보다 먼저 도착했다. 고급 주상 복합 오피스텔 건물을 찬찬히 보고 있는데, 주차장으로 외제 소형차가 들어와 멈췄다. 시우는 운전석에서 내리는 이용태의 얼굴을 확인하고 가까이 다가갔다.

"이용태 씨죠? 안녕하세요, 경찰입니다."

"…경찰이요."

이용태는 시우가 내민 경찰 신분증을 잠시 보더니 갑자기 차에 올라타 액셀을 마구 밟았다. 도망이다. 시우는 바로 눈치채고 차에 올라타 경광등을 올렸다. 이용태는 주차장을 나와 4차선 도로 쪽으로 내달렸다. 막다른 곳에 있는 오피스텔 앞길은 우회전만 가능했기 때문에 바로 쫓아가면 잡을 수 있었다. 시우는 옆 차와 스칠 듯 추월하며 거리를 좁혀 나갔다. 두 블록 앞에서 신호를 무시하고 미친 듯이 달리는 이용태의 차가 보였다. 외제 소형차는 다시 주택가 골목으로 들어가 버렸고, 시우는 달리는 차들을 지그재그로 피하며 악착같이 따라붙었다. 이용태는 차가 작고 동네 지리에 익숙하니 골목이 유리하다고 생각한 것 같았다. 시우는 그 얕은수가 다 읽혀서 짜증이 났다. 그의 차가 사이렌을 요란하게 울리며 미친 듯이 이용태의 차를 따라갔다. 가파른 언덕길에 이르자 시우는 액셀을 더 힘껏 밟았다. 그런 시우를 보고 속도를 더 높이려던 이용태는 옆에서 나오는 차 때문에 잠시 멈췄다가 다시 기를 쓰고 언덕을 올라갔다. 하지만 거기까지였다. 뒤따라오던 시우가 이용태의 차 뒤를 박아 버린 것이다. 시우는 경광등을 끄는 것도 잊고 차에서 내렸다. 그는 이용태의 운전석 창문을 거칠게 두드렸다. 잠시 후 창문이 천천히 내려갔다.

"내가 이래서 골목길이 싫다니까."

시우는 '이게 다 너 때문이다.'라는 표정으로 이용태를 노려보았다.

* * *

이용태는 녹화 진술실에 앉아 마치 화가 잔뜩 난 짐승처럼 으르렁대고 있었다. 그렇게 한 시간을 앉혀 놓고서야 시우와 로사가 들어갔다. 심리적 동요를 유도한 것이다. 밤 8시경이었다. 두 사람이 이용태의 앞에 앉자 그는 기다렸다는 듯 탁하고 진한 주황색의, 분노에 찬 목소리를 냈다.

"이건 명백한 인권 침해예요!"

시우는 냉랭하게 이용태를 쏘아보았다.

"댁은 공무 집행을 방해한 거고."

"아무 죄도 없는 사람을 쫓아오니까 그렇죠!"

"죄가 없는데 왜 도망쳐요? 이용태 씨 땜에 차 수리비가 얼마나 나왔는지 알아요?"

"헐!"

용태는 어이가 없어 혀를 찼다. 그는 잡아먹을 듯 시우를 노려보았다.

"교회를 옮기셨다고 들었는데요."

"그래서 무고한 사람 잡아 왔어요? 교회 옮기는 것도 죕니까!"

"근데 어제, 수요일 저녁에는 왜 갔어요? 그만둔 교회에."

"그걸 제가 왜 얘기해야 되는데요."

"기사 봐서 알 거 같은데, 어제 사건이 있었잖아요. 그 시간에 이용태 씨가 들어온 흔적은 없고 1층 로비 복도에 나왔다가 사라진 것만 CCTV에 잡혔거든요. 그리고, 내가 경찰이라니까 바로 도망갔잖아요."

그제야 이용태는 자기가 살인 사건 용의자로 의심받는 걸 알아차린 눈치였다.

"변태연 목사님이 좀 보자고 해서요. 제가 그만둔게 자기 때문이 아니라는 걸 확실히 하고 싶다고 했어요. 아까 도망간 건, 거기 나오기 전에 변태연 목사 차 뒤 범퍼를 망가뜨렸는데, 그것 땜에 신고받고 나온 줄 알고 그랬어요. 꽤 구겨졌거든요."

로사는 이용태를 가만히 응시하고 있었다. 사실이다. 그의 목소리에서 사실을 의미하는 하얀색 줄기가 흘러나왔다. 시우와 로사가 아무 말이 없자 이용태는 짜증스럽다는 듯 머리를 긁적거렸다.

"형사님, 저 그냥 뒷문 밖에 있었어요. 변태연 목사님한테 물어보세요. 거기 뒷문 밖에서 만났어요. 지금 제가 누구 죽였을까 봐 이러는 거잖아요. 내가 왜? 교회가 마음에 안 들어서 그만뒀는데 굳이 왜 거기 가서 사람을 죽여요!"

"그럼 왜 복도로 나왔다가 다시 뒤로 갔어요."

"아는 사람 만날까 봐요! 그 교회에 얼굴 아는 사람들 만나기 싫어서요!"

이용태가 흥분하자 하얀색에 주황색이 진하게 섞여 들었다.

"교회는 왜 마음에 안 들었는데요?"

시우는 뭔가 다른 걸 찾아낼 수 있을까 하고 무심코 물었다.

"이홍준 부목사, 그 인간이 간섭 안 하는 데가 없어요. 대학청년부도 변태연 목사는 그냥 허수아비예요. 이홍준은요, 모든 게 다 자기 영적 코드랑 맞아야 된대요! 그걸 왜 자기한테 맞춰요! 하나님한테 맞추든가, 정 사람한테 맞춰야 하면 담임 목사한테 맞춰야죠! 그 교회 담임 목사는 주일 성인 예배 딱 한 번 설교하고 아무것도 안 해요. 이홍준 목사가 다 해 먹어요. 저는 그렇게 한 사람에 좌지우지되는 데가 제일 싫어요."

이용태는 쉽게 흥분하는 스타일 같았다. 씩씩대면

서 말을 마친 그를 두고 시우와 로사가 서로를 보았다. 로사는 그의 말이 사실이라는 의미로 고개를 끄덕여 보였다. 이용태는 그 끄덕임을 자기를 여전히 의심한다는 의미로 받아들였다.

"진짜예요! 아, 맞다. 그리고 제가 복도에서 나왔을 때 뭘 봤는데요."

그 말에 시우와 로사는 다시 이용태에게 집중했다.

"별관 가는 쪽에 있는 계단으로 누가 내려가던데요."

CCTV 사각지대다. 이용태가 로비를 두리번거리던 장면을 떠올린 시우는 심각하게 물었다.

"그게 누군지 알아요?"

"여자앤데… 비를 맞긴 했어도 머리는 어깨까지 내려왔고요."

"여자애요?"

"네. 중딩 같아 보였는데… 걔 분명히 본 적 있는데…"

이용태는 미간을 구기며 뭔가를 떠올리려 애썼다.

"재우 동생! 맞아요, 걔, 연서. 손에 뭘 들고 있었는데… 칼 같은 거였어요."

이용태는 흥분하고 긴장했지만 사실을 말하고 있었다. 로사는 괜히 가슴이 철렁 내려앉았다.

5

7월 15일 금요일. 오전 10시가 넘어서자 차들이
많이 막히지는 않았다. 세진종합병원으로 향하는 버
스 안에서, 로사는 어젯밤 이용태의 진술을 떠올렸다.

이용태의 진술에 따르면, 그는 수요일 저녁 7시
30분쯤 변태연 목사와 교회 본관 뒷문에서 헤어진 후
로비 쪽으로 나왔다. 예배가 시작돼서 사람들이 없을
거라고 생각했는데, 드문드문 사람들이 보여서 다시 뒷
문으로 가려고 했다. 그때, 이용태가 선 자리에서 왼쪽,
별관과 본관 사이의 작은 마당으로 후다닥 뛰어 들어
오는 사람이 있었다. 이용태는 허연서라고 했다. 연서
는 손에 작은 칼처럼 보이는 물건을 들고 계단을 내려

갔다. 한 층 아래 연서보다 먼저 내려가는 사람이 보였다. 이용태의 자리에서는 누구인지 잘 보이지 않았단다. 시우는 지문이나 발자국 같은 현장 증거는 빗물에 쓸려 얻지 못했다고 했다. 이 상황에서 이용태의 진술은 매우 중요한 단서가 될 것이다. 지금은 연서에게 의심이 쏠릴 수밖에 없다. 시우는 부모도 연서를 긍정적으로 보지 않았다고 했다.

병원이 가까워질수록 로사는 가슴에 무거운 돌이 얹힌 느낌이 들었다. 연서는 충격으로 아무것도 기억을 못 하는 듯했다. 자신을 보호하기 위해 일부러 특정 기억을 망각해 버린, 해리성 기억 상실증이 의심된다. 아무것도 기억나지 않는다는 연서의 말은 사실이었다. 네이비블루와 어두운 자주색, 짙은 회색이 그 아이의 몸을 감쌌다. 온통 우울하고 슬프고 절망적인 아이. 그 사실만으로도 로사는 가슴이 따끔거렸다. 그런데 아이가 스스로 기억을 눌러놓고 절망하는 이유가 진짜 살인 때문이라면…. 생각하고 싶지 않았다.

아이들은 조금이라도 더 행복했으면 좋겠다. 로사가 이상심리를 전공으로 택한 이유 중 하나이기도 했다. 사람이 왜 성격 장애를 갖게 될까, 거기에는 어릴 때의 불행과 큰 연관이 있다. 그녀의 부모와 언니를 살해한 사촌 오빠 다휜은 고작 열네 살이었다. 로사가 볼 때마다 다휜은 늘 웃고 있었지만, 그의 목소리가 보여주는 색은 항상 회색이었다. 어렸던 로사는 회색이 절망과 회의, 불행을 의미하는지 몰랐다. 아직 색깔이 주는 의미를 완전히 알지 못하던 시기였다. 다휜은 힘들었고, 그걸 아무도 몰랐다. 알아주지 않았다. 그의 부모조차. 결국 다휜의 절망은 엉뚱한 데로 폭발했다. 아직도 다휜이 자기 가족을 왜 죽였는지 로사는 알 수 없었다. 하지만 다휜이 그렇게 된 데에는 자기애성 성격 장애가 강하게 의심되는 큰 삼촌의 영향이 컸을 것이다. 만에 하나 연서가 허재우를 죽였다면, 그녀가 사이코패스가 아닌 이상 가장 가까이 있는 어른이 문제일 것이다. 이를테면 인간을 심판하는 신을 거실 한 가운데에 걸어 놓는 그녀의 부모 같은.

어느새 버스가 세진종합병원 앞에 도착했다. 로사는 무거운 마음으로 버스에서 내려 천천히 병원을 향해 걸어갔다. 이토록 망설여지는 건, 혹시라도 연서가 자기가 허재우를 죽였다고 할까 봐 두려워서다. 그리고 그 말이 사실이라면 정말이지 암담할 것이다. 아이가 너무 망가져 버렸으니까.

　　연서의 입원실이 있는 복도에 들어섰다. 순경은 보이지 않았다. 연서를 만날 때에는 로사뿐 아니라 시우도 순경과 함께 만난다. 경찰 조사를 받는 미성년자를 보호하기 위한 절차였다. 연서의 부모는 허재우의 장례식 때문에 그녀와 같이 있기 힘들었다. 게다가 그들이 변호사는 선임하지 않겠다고 했기 때문에 시우가 선택한 방법이었다. 연서의 부모는 너무 경황이 없어서 다른 보호자를 동석시킬 생각은 하지 못하는 것 같았다. 막 의자에 앉아 순경을 기다리는데, 옆 입원실에서 나이가 지긋한 여성이 나오더니 연서의 입원실에 귀를 갖다 댔다. 로사가 왜 그러나 싶어 쳐다보니 그 사람이 이리 좀 오라며 손짓을 했다.

　　"아니, 우리 애 보러 왔는데 자꾸 이상한 소리가 나는 거 같아서 말이야. 아가씨는 이 소리 안 들려요?"

　　"이상한 소리요?"

　　로사는 귀마개를 빼고 문에 붙어 귀를 기울였다. 연서의 어머니로 추정되는 중년 여성의 목소리였다. 혼내는 것 같기도 하고, 명령하는 것 같기도 한 말투였다. 미움과 증오, 진한 적갈색이 문 틈새로 빠져나왔다.

"나가! 나가!"

이를 악문 듯 낮게 깔린 목소리. 이게 뭐지? 로사는 등줄기에 소름이 돋았다. 딸이 미울 순 있어도 이렇게 노골적인 증오라니. 그런데 목소리 뒤로 뭔가 둔탁하게 두드리는 소리가 났다.

'설마, 때려…?'

로사는 옆 입원실의 여성에게 자기가 병문안을 온 참이니 들어가 보겠다고 했다. 그 사람이 자신의 입원실로 돌아가자마자 로사는 다급하게 연서의 입원실로 들어갔다. 검은 원피스를 입은 선영이 침대에 누워 있는 연서의 머리를 손바닥으로 때리며 "나가!"라고 외치다가 놀라서 돌아보았다.

"누구세요?"

선영의 목소리와 함께 탁한 주황색이 흘러나왔다. 로사는 반사적으로 연서가 누워 있는 침대와 선영 사이에 끼어들었다. 로사에게 밀려난 선영이 두어 발 뒤로 물러났다.

"뭐예요, 지금?"

"그쪽이야말로 지금 뭐 하시는 건데요. 머리 수술한 애 머리를 왜 때려요? 그리고 나가라는 건 또 뭐예요?”

“그러는 그쪽은 누구예요? 누군데 우리 애 병실을 막 들어와요?”

선영은 로사의 질문에는 아랑곳없이 허리를 꼿꼿이 펴고서 큰소리를 쳤다. 로사가 뭐라고 하려는데, 연서가 로사의 손목을 잡더니 얼른 그녀의 입을 막았다.

“교회에 새로 오신 선생님이에요. 챔버 지도 선생님 관뒀거든요. 선생님도 피아노 전공이에요, 나처럼. 그래서 친해졌어요.”

연서가 눈 하나 깜짝 안 하고 거짓말을 했다. 선명한 빨간색이었다. 로사는 입을 다물고 말았다. 그 말에 선영의 태도가 180도 돌변했다.

“어머, 그러세요? 난 선생님 바뀌신 줄도 모르고 있었네. 어떻게 연서랑 친해지셨어요? 애 교회도 자주 빼먹는데.”

그녀의 목소리는 반가움의 노랑과 약간의 위선인 옅은 빨강이 섞여 있었다. 로사가 무슨 말을 해야 할지 몰라 머뭇거리고 있자 다시 연서가 입을 열었다.

“선생님이 지난주에 나 실기 시험 곡 봐 주셔서 저번보다 시험 잘 본 거예요.”

선영의 얼굴이 활짝 펴지더니 갑자기 두 손을 모으고 공손하게 인사를 했다. 로사도 얼떨결에 같이 고개를 숙였다.

"너무 감사해요, 선생님. 앞으로도 잘 좀 봐 주세요. 연서가 많이 어려운 애예요. 기도 많이 부탁드려요."

붉은빛이 조금 더 진해졌다. 마음에 없는 감사다. 로사는 대답 대신 질문을 했다.

"근데 아까는 뭐 하고 계셨어요? 연서 머리, 때리… 셨어요?"

"아아, 애한테서 나쁜 거 떠나라고, 사역 기도 한 거예요. 선생님 다니시던 교회에는 그런 거 없었어요? 그럴 수도 있죠. 교파마다 조금씩 다르니까."

"네에?"

로사는 자기도 모르게 언성을 살짝 높였다. 나쁜 게 떠나라고 했다고? 사역 기도? 영문을 알 수 없는 말이었다. 그러자 선영은 어쩔 수 없다는 듯 목소리를 낮추고 조심스럽게 말했다.

"연서가 세상의 피가 진한 애예요. 아직은 주님의 자녀가 아니고, 아담과 이브의 힘 아래에 있거든요. 선생님이 믿음이 강해지게 잘 지도해 주세요."

아담과 이브의 힘. 곧장 거실에 걸려 있던 아담과 이브의 심판이 떠올랐다.

'아담과 이브의 심판. 집안의 심판자. 모든 걸 통제하는 사람. 그게 이 사람, 엄마구나.'

그때 순경이 노크를 하고 들어왔다. 선영은 의자 위에 있던 핸드백을 집어 들더니 옷을 탁탁 털며 주름을 폈다. 그녀는 곧 로사에게 "잠깐만 실례할게요." 하더니 침대로 다가가 구겨진 이불을 바짝 잡아당겨 정리했다. 그러고는 병실 안을 한번 쭉 둘러본 다음 로사에게 공손히 인사했다.

"그럼 선생님, 연서하고 얘기하고 가세요. 나중에 따로 뵐게요."

선영이 끝까지 마음에도 없는 붉은색 예의를 차리며 병실을 나갔다. 로사는 자신도 모르게 한숨을 쉬었다. 잠시 시간을 두고 침대 옆 의자에 앉자, 연서는 눈물을 글썽이며 로사를 쳐다보았다. 그 모습에 로사는 가슴이 쿡 찔리는 것 같았다.

"저 안 죽였어요."

"뭐…?"

로사는 연서의 갑작스러운 말에 놀라서 되물었다. 누구한테 들은 이야기라도 있는 건가?

"엄마 아빠는 내가 오빠한테 무슨 짓을 했을 거라고 믿고 있어요. 저, 말도 안 듣고 교회도 빼먹고 학교 친구들하고 가수 콘서트도 가고 그런 거 맞아요. 전 엉망이에요. 그래도 오빠를 죽이지는 않아요."

"뭐 생각나는 거라도 있는 거야?"

슬픈 자줏빛에 파묻힌 아이가 안쓰러워 로사가 조심스럽게 물었다. 연서는 고개를 가로저었다.

"오빠를 좋아하지는 않았어요. 맨날 이렇게 해라, 저렇게 해라, 잔소리하니까. 너무 바르고 똑똑하고 잘났으니까. 그래도 죽일 생각은 한 번도 안 했어요. 진짜예요."

연서는 조용히 눈물을 흘리며 로사를 바라보았다. 좀 전에 했던 연서의 거짓말은 잊어버렸다. 아마도 그렇게 둘러대야만 했던 이유가 있을 것이다. 로사는 티슈를 꺼내서 연서의 눈물을 닦아 주었다.

* * *

    7월 16일 토요일은 허재우의 발인일이었다. 오전 7시 30분, 시우는 허재우의 가족과 가까운 친지들이 발인 예배를 진행하는 모습을 지켜보았다. 현재까지 알아낸 것은 7월 13일 수요일 밤에 연서가 칼 비슷한 걸 들고 교회 본관 지하로 내려가는 걸 보았다는 증언이었다. 시우가 증거물을 다시 확인해 봤지만 칼은커녕 그 비슷한 것도 찾을 수 없었다. 로사는 연서도 이용태도 거짓말을 하지 않았다고 했다. 하지만 연서는 그날 일을 기억하지 못한다. 어떤 충격에 의한 부분 기억 상실이라면, 실수든 고의든 연서가 살인을 저질렀을 수도 있다. 그리고 칼은 다른 범인이 가져갔을 것이다. 발인 예배가 끝나고 장지로 갈 준비를 하는 동안에는 시우가 끼어들 틈이 없었다. 지금 모인 이 사람들에게서 새로운 증언이 나올 수 있기에 장지까지 따라가기로 마음먹었다. 시우는 차에 올라타서 로사에게 문자를 보냈다.

    지금 보내는 주소로 와 주세요. 인 메모리엄 파크

    인 메모리엄 파크는 충청남도 초입에 있는 수목

장지였다. 허재우의 부모와 조문객들은 아담하고 예쁜 소나무 아래에 유골함을 묻은 후 마지막 예배를 드렸다. 전에 빈소에서 봤던 이홍준 목사가 예배를 진행했다. 그들 뒤로 조심스럽게 다가가는데, 저만치서 두리번거리며 자신을 찾고 있는 로사가 보였다. 시우는 문자로 자기가 있는 곳을 알려 줬다. 곧 문자를 본 로사는 고개를 빼 시우의 위치를 확인했다. 가능한 한 빠른 걸음으로 조심스럽게 걸어오는 로사의 모습이 조금 우스꽝스러웠지만, 시우는 애써 웃지 않고 그녀를 바라보았다.

"장례는요."

뺨이 발갛게 달아오른 로사가 가쁜 숨을 내쉬며 물었다. 서둘러 오느라 애쓴 모양이었다. 하늘이 조금 흐렸지만 덥고 습했다. 이런 날씨에 바로 와 준 로사가 조금 고맙기도 했다. 아무리 자문위원이라 해도 아무 때나 불려 나오고 싶지는 않을 텐데 말이다. 시우는 전보다 누그러진 시선으로 로사를 보며 장례가 진행 중인 앞쪽을 가리켰다. 이홍준 목사의 "아멘." 소리와 함께 사람들이 일제히 고개를 들었다. 허규석과 이선영이 이홍준 목사에게 정중하게 인사하는 걸 보니 다 끝난 모양이었다. 시우와 로사는 천천히 그들 쪽으로 걸음을 옮겼다. 친척으로 보이는 나이 지긋한 사람들이 한꺼번에 주차장으로 향했고, 젊은 사람 무리가 따로 모여서 자기들끼리 이야기를 나누고 있었다. 시우가 허재우의 대학 친구인 윤형식을 발견하고 그에게 가려는 순간, 이홍준 목사와 인사를 마친 허규석과 이선영이 다가왔다. 선영이 먼저 로사에게 아는 척을 했다. 로사는 얼른 귀마개를 빼 어깨에 멘 작은 크로스 백 안에 넣었다.

"어머, 선생님! 어떻게 여기까지 다 와 주셨어요. 너무 감사해요."

선영이 퉁퉁 부은 눈을 하고서 로사에게 연신 허리를 숙이며 몇 번이고 고맙다는 말을 했다. 그 목소리에는 반가움과 놀라움, 고마움이 분홍 계열 색들이 블렌딩되어 그녀의 얼굴로 올라오고 있었다. 로사는 목소리를 듣고 서야 뒤늦게 선영임을 알고 얼른 시우에게서 떨어져 거리를 두었다. 소리의 색을 보는 데 집중하다 보니, 사람 얼굴을 잘 기억하지 못할 때가 많았다. '선생님'이라는 말에 시우가 당황해서 선영과 로사를 번갈아 보는데, 로사가 시우를 보며 어색하게 미소 지었다. 그때 규석이 다가와서 시우에게 악수를 청했다.

"형사님."

그는 붉게 충혈된 눈으로 더는 말을 잇지 못했다. 선영이 먼저 규석에게 로사를 소개했다.

"여보 여기, 중등부에 새로 오신 음악 지도 선생님. 어제 연서 병문안도 오시더니 여기까지 오셨네. 선생님, 애들 아빠예요."

'애들'이라는 선영의 말끝이 울먹임으로 떨렸다. 선영에게 시우는 안중에도 없는지, 딱 로사와 시우 중간을 가로막고 서서 두 사람을 인사시켰다. 규석은 진심으로 고맙다고 인사를 하고 목사님과 같은 차를 타고 가겠다며 먼저 자리를 떴다.

"어머니, 고생 많으십니다."

시우는 로사가 '선생님'으로 불린 이유는 나중에 묻기로 하고 먼저 선영에게 인사했다. 선영은 썩 반갑지만은 않은 표정이었지만 어쩔 수 없다는 듯 인사를 받았다.

"형사님도 여기까지 오시느라 힘드셨겠어요."

로사는 선영의 마음에도 없는 말을 들으며 일단

그들에게서 물러섰다. 그래야 선영에게 의심을 안 받을 것 같았다. 옅은 적갈색을 내뿜는 선영의 목소리에서, 경찰에 다소 좋지 않은 인상을 품고 있는 것 같았다. 연서도 그래서 자신이 피아노 선생이라고 거짓말을 한 듯했다. 로사는 저만치 주차장으로 향하는 젊은 사람들에게 가 보기로 했다. 열댓 명쯤 되어 보였는데 허재우의 친구들 같았다. 그들의 대화를 들어 보자는 생각이었다. 그러면 허재우가 어떤 사람이었는지, 이 집안이 어떤지 알 수 있을지도 모른다. 사람들의 목소리가 한데 어우러져서 여러 색깔로 뭉게뭉게 구름을 짓고 있었다. 누가 무슨 이야기를 하는지 구분이 잘 가지 않았다. 로사가 그들 바로 뒤까지 쫓아갔을 때였다.

"근데 연서가 재우 저렇게 했다는 거, 사실 아니겠지? 헛소문이겠지?"

남자 목소리. 짙은 빨강이 무리의 상체를 덮었다. 로사는 귀를 의심하며 그들을 살폈다. 하지만 누구의 목소리인지 알 수 없었다. 이 사람을 찾아야 했다. 그러나 곧 충격받은 사람들의 목소리에서 짙은 갈색이 흘러나와 시야를 가렸다. 그게 진짜냐, 몰랐다, 어디서 들었냐…. 다시 조금 전 그 남자의 목소리가 들렸다.

"연서가 캠핑용 칼을 들고 지하실로 내려갔대. 경찰도 연서 조사한다던데. 참고인 진술한 애가 형사한테 직접 들었대."

로사의 등골에 소름이 돋았다. 검은색이다. 악의를 가진, 또는 범인이 자신의 죄를 덮으려고 할 때 반드시 보이는 색. 바로 어릴 때 다횐에게서 봤던 색이었다.

'이 사람이다!'

로사는 그를 찾기 위해 무리의 옆으로 가서 그들을 살펴보았다. 하지만 다른 목소리에 뒤덮여 검은색 목소리의 주인이 확인되지 않았다. 이제 사람들의 목소리는 경악과 분노를 담은 탁하고 짙은 주황색으로 바뀌어 있었다. 사람들 얼굴이 보이지 않을 정도였다. 그들이 승합차에 올라탔다. 로사가 급하게 그들의 뒤를 따라 올라타려는데, 운전기사가 그녀를 제지했다.

"아까 안 타셨잖아요. 이거 사람 수 딱 맞춰서 자리 없어요."

"아, 저…."

문 옆에 앉은 여자가 이상하다는 듯 로사를 보더니 문을 닫아 버렸다. 어떻게 해야 하지. 저절로 주먹이 쥐어졌다. 그래, 시우에게 오늘 여기에 온 사람들을 확인해 달라고 해야겠다. 로사는 수목장지 나무들 쪽으로 달려갔다.

6

7월 17일 일요일. 서재에서 무릎을 꿇고 기도하던 이홍준이 몸을 일으켰다. 정확히 새벽 4시 반이다. 홍준은 책상 위 디지털 탁상시계에 표시된 시간을 보고 만족스러운 표정을 지었다. 알람이 울리지 않아도 그의 몸이 알아서 반응한다. 홍준은 살짝 틈이 벌어진 암막 커튼을 단단히 여몄다. 서재는 책상이 있는 창문 쪽을 제외한 나머지 세 면의 벽이 종교 서적들로 빽빽하게 꽂힌 체리목 책장들로 둘러싸여 있었다. 눈높이 칸에는 드문드문 가족들과 함께 찍은 사진이 놓여 있었다. 그의 아내와 아들 선우, 딸 지연은 모두 캐나다에 있다. 아내는 사모의 사명을 하기 보다는 아이들 엄마로 살고 싶다며 아이들의 조기 유학 입학 원서를 내밀었고, 홍준은 그 말에 순순히 따랐다. 가족과 떨어져서 사는 게 외롭기는 하지만 교회 일에만 매달릴 수 있다는 장점이 있었다. 그는 매일 새벽 기도 때마다 주님께 가족을 부탁드린다. 자기가 하나님 나라를 위해서 올바른 일을 하니 그분이 가족을 지켜 주실 거라는 믿음이 있다.

선주시 빛나는 교회에 부임하고 5년. 밤 11시 반 취침, 새벽 3시 반 기상, 4시 반까지 기도. 하루도 빼먹지 않고 지켜 온 스케줄이다. 이렇게 영혼을 먼저 무장한 후에 서둘러 샤워를 하고 교회 갈 준비를 마치고 나서 마지막으로 선식을 한 컵 마신다. 그러면 대부분 5시 8분에서 5시 10분 사이가 된다. 홍준은 5시 15분에 집을 나서서 교회로 향한다. 걸어서 12분이면 도착하는 거리다. 그는 사무실에서 그날의 새벽 예배 설교를 점검하고 6시에 본당으로 올라간다.

전에는 담임 목사와 부목사 다섯, 이렇게 여섯 명이 매일 돌아가면서 새벽 예배를 진행했다. 그런데 홍준의 예배에만 성도들이 몰리자 담임 목사는 그에게 주 사흘을 맡겼다. 다른 부목사들이 주 사흘 새벽에 나오는 건 너무 힘들겠다며 그에게 질투 섞인 걱정의 말을 건넸다. 홍준은 그들의 표정에서 불편함을 읽었다. 담임 목사가 그만큼 홍준을 신뢰한다는 뜻이기 때문이다. 하지만 일주일에 세 번 새벽 예배를 인도하는 건 홍준에게 어려운 일이 아니었다. 그는 자신이 설교하지 않는 날에도 똑같이 새벽 5시 15분에 아파트에서 나와 5시 27분에 교회 앞 주차장에 도착한다. 그는 오히려 새벽에 나오는 것보다 설교를 자주 해서 말씀의 질이 떨어질까 봐 걱정이었다. 홍준은 매일매일 최선을 다해서 설교 준비를 했고 열정적으로 말씀을 전했다. 그러한 노력은 교인들의 마음을 움직였다. 홍준이 예배를 진행하는 날에는 새벽에도, 수요일에도, 주일에도 사람들이 몰렸다. 그가 오고 나서 200여 명 규모였던 교회는 3000여 명의 교인을 둔, 견고한 중대형 교회로 성장했다. 목사가 되고서 세 번 교회를 옮긴 후에 이룬 이 성과에 홍준은 상당히 고무되어 있었다.

　　3년 전 홍준은 담임 목사인 심현종을 설득해서 교회 내부 수리를 했다. 빛나는 교회는 화강암 외벽에 내부는 붉은 카펫에 긴 나무 의자와 설교대가 있는, 전형적인 교회의 모습을 갖추고 있었다. 그는 1층에 나란히 들어서 있던 소예배실들을 없애고 지금과 같은 갤러리 느낌의 로비로 치장했다. 본당을 비롯한 모든 예배실의 긴 의자도 전부 치웠다. 그 대신 언제든지 원하는 대로 배치를 바꿀 수 있게 접이식 일인 의자를 놓았다. 담임 목사는 걱정이 많았지만 출석 성도들의 취향에 맞춘 리모델링은 대성공이었다. 교회의 권위를 버린 친근한 모습에 사람들은 마음 편히 예배를 볼 수 있게 됐다며 좋아했고, 이후 성도가 늘어나자 장로들이 먼저 별관을 짓자고 나섰다. 그리하여 지금의 붉은 벽돌로 지은 5층짜리 별관이 본관과 나란히 주차장을 보고 서 있게 되었다. 새벽 5시 27분. 홍준은 오늘도 교회 앞에 서서 두 건물을 올려다보았다. 열매가 이런 것이구나…. 볼 때마다 가슴 안에서 무언가가 꿈틀거렸다. 심현종 담임 목사는 올해 첫 신년 예배를 마친 후 홍준을 자기 사무실로 불러 그에게 내년에 교회를 물려주겠노라 약속했다. 그는 성도가 1000명을 넘어서자 부담스러워했다. 결국 한 해 동안 물러날 준비를 하고 고향으로 돌아가서 작은 교회 일을 돕겠다고 선언했다. 성도들은 젊고 열정적인 이홍준 목사와 더불어 마음이 따뜻하고 관대한 심현종 목사가 함께 있기를 바랐다. 하지만 여름이 시작될 무렵, 담임 목사는 올해를 마지막으로 물러나겠다는 뜻을 분명히 했다. 그러면서 홍준을 위해 많이 애써 달라며 응원과 지지를 부탁했다. 그의 말대로 성도들은 더 교회에 헌신적으로 임했고, 홍준이 느끼기에도 전보다 더 자신을 따르는 것 같았다.

'열매는 여기서 끝이 아니야. 이게 시작이야.'

오늘은 주일이다. 주일에는 새벽 예배 대신 6시 30분에 1부 예배가 시작된다. 홍준은 오늘 1부 예배와 1시의 3부 예배를 진행한다. 메인 예배인 2부 9시 예배만 담임 목사가 맡았다. 이렇게 주일에 두 번이나 홍준이 예배를 진행하게 된 중요한 시기에, 교회에서 일이 터져 버렸다. 그것도 절대 평범하지 않은, 교회와 너무 안 어울리는 살인 사건이다. 오늘 그에게 주어진 임무는 동요하는 성도들의 마음을 다잡는 것이다. 그들이 더 하나로 뭉칠 수 있도록, 교회를 위해, 그리고 목사들을 위해 기도할 수 있도록 만들어야 한다.

'이건 나에게, 그리고 앞으로 더 커 나갈 빛나는 교회에 주님이 주시는 시련이다.'

이 시련은 반드시 아무 문제 없이 지나가야 한다.

그리고 이 일은 교회가 더 성장하는 계기가 될 것이다. 정신 똑바로 차려야 한다. 사탄이 지배하는 세상에 져서는 안 된다. 홍준은 배에 단단히 힘을 주고 교회 본관으로 들어섰다.

* * *

오전 10시 14분. 로사는 빛나는 교회 본관 앞에 어정쩡하게 서 있었다. 선영이 만나자고 한 10시 30분보다 일찍 도착했다. 말이 약속이지 선영의 일방적인 결정이었다.

어제 장지에서 검은 목소리의 남자를 놓친 로사가 시우에게 돌아갔을 때였다. 선영과 시우는 연서의 다면적 인성 검사(MMPI-2)와 정신과 진료에 대해 이야기 중이었다. 선영은 말로는 어쩔 수 없는 일이니 따르겠다고 했지만, 표정으로는 거부하고 있었다.

"저희도 열심히 기도하고 있으니까 연서 기억도 금방 돌아올 거예요. 그러면 굳이 정신과를 갈 필요가 있나 싶은 생각이 들고요."

시우가 뭐라고 말하려는데, 뒤에 와 있는 로사를 알아본 선영이 얼른 다가왔다.

"선생님, 어떻게 가실 거예요? 저랑 같이 올라가세요."

로사에게 완전히 밀린 시우가 뒤에서 어리둥절한 표정으로 그 둘을 쳐다봤다. 로사는 시우가 혹시라도 어설프게 아는 척을 할까 봐 조금 전 규석과 선영의 대화를 떠올리며 선수를 쳤다.

"괜찮으시겠어요? 제가 타면 아버님이 불편하실지도 모르는데."

"아까 목사님하고 같이 가셨어요. 가세요, 선생님."

그녀의 목소리에서 슬픔의 자줏빛과 함께 옅은 노란빛이 떠올랐다. 친절을 베풀고 싶은 마음이 조금은 있는 듯했다. 로사는 선영의 뒤를 따라가면서 시우에게 서울에 도착한 다음에 설명하겠다고 문자를 보냈다. 선영은 주차장에 있는 검은색 자가용 운전석에 먼저 올라탔다. 뒤따라 탄 로사가 조수석 벨트를 매며 조심스레 안을 살펴봤다. 손가락으로 훑어도 먼지 하나 묻어나지 않을 것 같았다. 장식이라고는 백미러에 매달아 놓은 짧은 나무 십자가 펜던트와 글로브 박스 위의 작은 가족사진이 전부였다. 사진에서 선영은 정면을 보고 앉아 있고 규석이 왼쪽 옆으로 비스듬하게 놓인 의자에 앉아 있었다. 그리고 두 사람 사이에 허재우가 서 있었다. 연서는 선영의 오른쪽 뒤에 서 있었다. 세 명은 웃고 있는데 연서 혼자만 다소 시무룩해 보였다. 어쩐지 그 아이만 동떨어진 곳에 있는 듯 느껴졌다. 문득 로사는 자신의 발밑에 반듯하게 깔린 대형 비닐을 발견했다. 로사의 발밑만 그런 게 아니라 운전석도 그랬다. 뒷좌석의 발밑도 보나 마나 마찬가지일 거다.

"다들 따로 오셨나 봐요. 보통 버스 대절해서 오잖아요."

"어차피 친척이야 큰집 식구밖에 없어요. 재우 친구들은 교회에서 승합차 대절해 준다고 해서 그거 타고 왔고요."

선영은 별 감정 없이 사실만 말했다. 허재우 친구들은 로사가 따라갔던 그 젊은 사람들 무리인 모양이었다. 로사는 그녀가 좀 신기했다. 보통 가족 장례를 치르면 이렇게 아무렇지 않을 수 없을 것 같은데, 선영은 마치 차에 타자마자 슬픔을 전부 떨쳐 낸 사람처럼 보였다. 입이 마르도록 칭찬을 한 아들을 묻고 온 사람이 말이다. 슬픔을 표현하는 법은 사람마다 다르다고 하지만 그것과는 차이가 있었다. 이제 그녀의 목소리와 표정에서는 슬픔을 찾아볼 수가 없었다. 감정 정리가 너무 빠르다. 아니면 시간이 더 흐른 후에 상실감이 밀려오는 타입일까. 로사는 조금 전 선영이 한 말 중 마음에 걸리는 게 있어서 물었다.

"어머니 집안에서는 아무도 안 오세요?"

"저희 집이요? 재우 외가 말씀하시는 거죠?"

선영은 잠시 입을 닫고 침묵하더니 다시 입을 열었다.

"아무리 가족이어도 인연을 끊어야 할 때가 있어요."

"왜요? 왜 그래야 되는데요?"

로사의 순수한 물음에 선영은 피식 웃었다.

"영적으로 맞아야 말이죠. 저희는 이제 영적인 가족과 살아야죠. 육의 가족은 분란만 만들어요."

무슨 말인지 이해가 되지 않았다. 로사는 어정쩡한 미소를 지으며 그저 앞만 바라봤다.

"그런데 선생님."

선영의 말투가 단호하게 바뀌었다. 친절한 노란색

에 갈색이 섞여 들었다. 불편한 말이라도 하려나 보다 싶어 로사의 주먹이 절로 쥐였다.

"선생님 우리 교회 등록 안 하셨죠."

그 순간 로사는 숨이 막히는 기분이었다. 나에 대해 뭔가 알게 된 건가. 로사는 어떻게 말을 해야 좋을지 몰라 가만히 있었다. 어설프게 변명을 했다가 혹시 나중에 연서에게 무슨 불똥이 튈지 몰랐다. 로사가 일단 답을 보류하고 있는 사이에 선영이 다시 입을 열었다.

"누구 부탁으로 오셨어요? 중·고등부 총무 집사님? 성가대 지휘자님?"

"그게… 그러니까…."

그 누구도 그녀를 부르지 않았다. 애초에 음악 지도 교사도 아니다. 이런 상황에 대비했어야 했다. 로사는 속으로 여기까지 미처 생각하지 못한 자신을 나무랐다.

"전에 있던 선생님 소개로 오셨죠? 말 못 하시는 거 보니까 그러네. 괜찮아요, 그 사람은 그 사람이고. 그래도 대타를 구하고 나간 거 보니 아주 책임감이 없지는 않네요."

주황색과 갈색이 뒤섞인 목소리였다. 전에 있던

사람이 마음에 들지 않았던 모양이다. 로사는 어색하게 미소만 지어 보였다. 선영은 이해한다는 듯 그녀를 쳐다보았다.

"아까 거기 재우 친구들 중에 중·고등부 선생님하고 대학청년부 새 신자 리더가 있었거든요. 새로 온 음악 선생님 아냐고 물어보니까 둘 다 모르더라고요. 우리 교회가 성도들이 많아서 예배도 나눠서 드리니까 서로 모를 때가 있어요. 가끔은 누가 외부에서 봉사자 불러오기도 하거든요. 선생님처럼요. 지금 교회 어디 나가세요?"

"아… 요즘은 잘…."

로사는 굳이 교회를 다닌다고 거짓말까지 하고 싶지 않아서 말끝을 흐렸다.

"그럼 우리 교회 등록하세요. 임시로 봐 주러 오지 마시고 쭉 다니세요. 교회 등록하면 저희하고 영적인 코드도 맞잖아요. 같은 영의 가족이 되는 게 부모들 입장에서도 좋고요"

"그렇게까지…."

사양하려던 로사가 말을 멈췄다. 검은 목소리로 연서가 칼을 들고 지하실에 내려갔다고 한 그 사람. 연서를 범인인 것처럼 소문 낸 그 목소리의 주인공을 찾을 수 있을지도 모른다.

"네. 그럴게요."

"잘 생각하셨어요, 선생님. 우리 교회라서가 아니라, 빛나는 교회 정말 좋은 교회예요."

선영의 얼굴에 환한 미소가 번졌다.

선주에 온 로사는 경찰서 근처 카페에서 시우를 만나 그간의 일을 설명했다. 교회에 등록하기로 했다는 것까지도.

"교회 등록이요? 그건 좀 너무 간 거 같은데요?"

"그 목소리 누군지 찾아야죠. 형사님처럼 대놓고 사람들 부르고 찾아다니면 그 사람은 숨어 버릴 수도 있어요."

시우는 미간을 잔뜩 찌푸리며 마음에 들지 않는 티를 냈다.

"그랬다가 들키기라도 하면요? 경찰 입장 생각해 보셨어요?"

"안 들키면 되잖아요. 목소리가 누군지 찾으면 바로 그만둘게요."

"그걸 어떻게 장담합니까."

"제가 그 말을 한 사람 찾으면 범인 검거도 더 빨라질 수 있잖아요. 그리고 그 사람이 범인일 수도 있어요."

로사가 단호하게 말하자 시우는 한숨을 푹 쉬었다.

"최대한 의심받을 행동은 하지 마시고요. 그런데, 허연서가 칼을 들고 내려갔다는 걸 이용태 말고도 다른 사람이 진술했어요. 별관에 있던 사람이에요. 그러니까 허연서 만나실 때도 그 애가 공범일 수 있다는 거 염두에 두세요."

"아직 확실한 건 아니잖아요."

로사는 자신이 심정적으로 연서 편에 서 있다는 걸 느꼈다. 겉으론 선을 그었음에도 말이다.

"확실한 게 아니니까 모든 가능성을 열어 두자는 말이에요. 들키지나 마세요."

시우는 퉁명스럽게 말하고는 먼저 자리에서 일어났다.

로사도 시우의 염려를 모르는 건 아니었다. 하지만 참고인들 진술을 받으며 새로운 용의자가 떠오를 때까지 마냥 기다릴 수는 없었다. 연서의 기억도 언제 어떻게 돌아올지 장담할 수 없었다. 우선 시우가 알아온 승합차 탑승 명단에 있는 사람들을 만나 볼 작정이었다. 이런저런 생각을 하고 있는데 예배가 끝났는지 사람들이 열을 지어서 나오기 시작했다. 로사도 카페테리아로 가기 위해 걸음을 옮겼다. 본관과 별관 사이의 마당을 지나는데 선영이 그녀를 불러 세웠다. 방금 예배가 끝났다며 로사의 손을 잡는 선영에게서 아들을 잃은 어머니의 슬픈 그늘은 보이지 않았다. 의붓딸인 연서에 대한 걱정은 더더욱 없는 것 같았다. 선영은 조금 들뜬 사람처럼 그녀를 별관 2층에 있는 대학청년부 예배실로 데려갔다. 로사는 선영의 뒤를 따라 계단을 올라가며 귀마개를 빼서 주머니에 넣었다.

예배실 문 앞, 로사 또래로 보이는 여성이 교인들과 인사를 나누다가 선영과 로사를 보고 반갑게 맞았다.

"자매님이시구나…. 어제 장례식 때 봤는데, 기억 안 나세요?"

새 신자 순(筍)의 리더 강희진이라고 자신을 소개하는 차분한 연초록 목소리를 들으니 기억이 났다. 장지에서 그게 정말이냐고 묻던 젊은 사람들 중 한 명이었다. 시우가 준 명단에 있었던 이름이다. 로사는 눈이 확 뜨일 정도로 가슴이 두근거렸다. 생각보다 더 빨리 검은 목소리의 주인과 가까워질 것 같아서였다. 선영은 희진에게 로사를 부탁한다는 말을 한 후 자리를 떠났다.

"저희 새 신자 순은 이쪽에서 모여요. 4주 동안 교육을 마치면 일반 순에 배정될 거예요."

그녀의 연초록 목소리가 로사를 오른쪽 막다른 곳에 있는 홀로 안내했다.

"새 신잔데 목사님이 아니라 일반 교인이 맡나 봐요."

로사의 질문이 의외였는지 희진은 놀란 눈으로 그녀를 보더니 차분하게 답했다.

"네, 저희 교회는 청년들이 순장으로 있어요. 전에 다닌 교회는 안 그랬어요?"

다른 교회가 어떤지 로사는 모른다. 그녀는 그저 목사가 새 신자 교육을 하는 줄 알았다고 얼버무렸다. 새 신자 홀에는 열댓 명 정도 되는 사람이 테이블 세 개에 나눠 앉아 있었다. 로사는 잠시 사람들의 목소리를 들었다. 연서가 범인일 거라고 소문을 퍼뜨린 목소리는 그곳에 없었다. 다른 곳을 둘러봐야겠다는 생각이 들었다. 로사는 화장실이 어디냐고 물어보고 그 핑계로 홀을 나왔다. 화장실은 오른쪽에 있는 대학청년부 예배실을 지나서 맞은편 사선 방향에 있었다. 로사는 화장실에 들어가는 척하다가 아무도 없을 때 예배실 옆으로 나 있는 복도로 들어갔다. 거기에는 대학청년부에서 나간 봉사활동 사진들이 걸려 있었다. 그중하나에 로사의 시선이 멈췄다. 학교 강당 같은 곳에서 일곱 명의 청년들이 마이크를 잡고 일렬로 서서 노래하는 사진이었다. 뒤쪽 벽, 커다란 하얀 새 그래픽을 배경으로 가운데에서 기타를 치며 노래하는 사람이 허재우였다.

"하얀 새…."

사진 아래에는 '2019년 여름 수련회, 찬양팀'이라는 설명이 붙어 있었다. 3년 전이다. 로사는 허재우의 방에 걸려 있던 하얀 새 모형 벽걸이를 떠올렸다. 이게 혹시 단서가 될 수 있을까? 그녀는 휴대폰을 꺼내 사진을 찍은 뒤 시우에게 전송했다.

"뭐 하세요?"

뒤에서 희진이 로사의 어깨를 두드리며 말을 걸었

다. 로사는 놀란 마음을 감추고 일부러 환하게 웃어 보였다.

"그냥, 구경 좀 하고 있었어요."

로사는 자신의 목소리에서 옅은 빨간색과 두려움을 나타내는 파란색이 섞여 나오는 걸 보았다.

"새 신자 모임 시작했어요. 얼른 가요."

여전히 차분한 연초록 목소리의 희진이 로사의 등을 살짝 떠밀며 새 신자 홀로 향했다. 로사는 귀마개를 끼려고 주머니에 손을 넣었다가 관두기로 했다. 혹시라도 '악의'의 목소리를 가진 그 사람이 올 수도 있다는 생각이 들어서였다.

연서는 악몽을 꾸고 있었다. 어두컴컴한 곳. 비 오는 소리. 거기에 남자로 추정되는 검은 그림자가 있었다. 그림자는 그녀의 앞에서 아지랑이처럼 흔들거리더니 점점 가까이 다가왔다. 연서는 손에 쥔 캠핑용 칼을 그림자를 향해 치켜들었다. 우르릉, 하늘이 울더니 번쩍, 번개가 쳤다. 그 순간, 그곳에 빛이 비쳐 들었다. 번쩍이는 섬광 속에 재우의 얼굴이 보였다.

"헉!"

연서는 벌떡 몸을 일으켜 앉았다. 일요일 한낮의 병실 안은 조용했다. 연서의 거친 숨이 계속 이어졌다. 무섭다. 이게 정말 그냥 꿈일까? 아니면 내가 잊어버린 기억의 일부일까? 무섭다. 칼을 쥐고 있는 사람은 분명 연서 자신이었다. 연서는 곧장 모로 돌아누우며 이불을 머리끝까지 뒤집어썼다.

"몰라. 나는 아무것도 몰라. 아무것도… 아무것도."

그녀는 주문을 외듯 계속 중얼거렸다.

* * *

시우는 경찰서에서 과수대 양 순경이 복구해서 넘긴 사진 파일을 보고 있었다. 장례식에서는 큰 진전이 없었다. 규석은 연서가 칼을 갖고 있었는지도 몰랐다. 답답한 마음으로 파일을 보던 그의 표정이 심각해졌다. 사진의 대부분이 연서 나이 정도 되는 여학생들이었다. 그냥 사진이 아니라 묘하게 흐트러진 교복 차림으로 야릇한 포즈를 취하고 있는 선정적인 사진들이었다. 그러다가 오피스텔 복도가 찍힌 사진들로 넘어왔다. 사진을 보던 그는 휴대폰을 꺼내 로사가 보낸 수련회 사진을 찾았다. 하얀 새 모양 그래픽. 시우는 일단 멈추고 다시 컴퓨터 속 사진들로 시선을 옮겼다. 오피스텔 현관문으로 추정되는 곳에 하얀 새 모형이 걸려 있다. 허재우의 방에도 걸려 있던 그 하얀 새 모형이다. 시우는 오피스텔의 단서를 찾기 위해 사진들을 계속 주의 깊게 살펴보았다.

"이거다…!"

8초 정도 되는 짧은 영상이었다. 영상은 어느 오피스텔 1층 로비에서 엘리베이터로 향하는 길목을 찍은 것이었다. 끝에는 젊은 남자의 음성도 들어가 있었다.

"시험 삼아 찍어 봤…."

허재우 목소리인가. 여학생들의 모습을 담기 전에 시험 삼아 찍어 봤다는 말일까. 시우는 우선 영상에 비친 오피스텔 벽에 주목했다. 금빛 오피스텔 로고가 스치듯이 지나갔다. WOOIN. 우인 오피스텔. 시우는 바로 오피스텔 검색에 들어갔다.

7

대학청년부는 수련회를 앞두고 있었다. '빛나는 영
적 로드 따라가기'라는 거창한 제목의 직장인 청년들
을 위한 프로그램이라고 한다. 로사는 새 신자 모임의
테이블마다 놓여 있는 수련회 홍보 팸플릿을 슬쩍 보
다가 말았다. 리더인 희진도 그렇고 새 신자 모임 자체
에서도 수련회 참여를 권하지 않았다.

새 신자 모임은 맨 앞에서 희진이 개신교 교리를
소개하고 하나님의 말씀을 강조하는 게 전부였다. 각
테이블에 앉은 사람들은 그 이야기를 듣기만 하면 됐
다. 로사는 새 신자 홀에 있는 기존 대학청년부 스태프
들을 살피는 데에 정신을 쏟았지만, 허재우의 장지에

서 들었던 그 검은 목소리는 찾지 못했다. 그날 저녁, 오랜만에 너무 많은 소리의 색을 보느라 피곤에 지쳐 있던 로사에게 전화가 걸려 왔다. 선영이었다. 그녀는 다짜고짜 수련회 이야기를 꺼냈다.

"수요일 밤부터 다음 날 오전까지니까 부담 없잖아요. 선생님 레슨 있으면 오후로 미루세요."

휴대폰 스피커로 흘러나오는 선영의 목소리는 부드러웠지만 진한 갈색을 띠고 있었다. 억압과 강요. 로사는 신경이 예민해져 머리가 윙윙 울렸지만 최대한 이성적으로 생각하려고 노력했다. 기왕 교회에 들어온 거 가는 게 낫겠다 싶었다. 선영도 간다고 하니 그녀에 대해서도 좀 더 알 수 있을 것 같았다. 전화를 끊자마자 선영은 로사에게 문자 메시지로 구글 폼 신청서를 보냈다. 신청서를 작성해 제출한 로사는 선영이 왜 이렇게 대학청년부 일에 열심인지 궁금해졌다. 단순히 로사가 연서가 속한 중등부 음악 지도를 한다는 것 때문에 이러는 거 같지는 않았다. 아들에 대한 그리움 때문일까. 그럴지도 모른다. 사랑했던 사람을 떠나보내고 그가 생전에 속했던 그룹에서 활동하면서 그를 기억하려는 사람들도 적지 않은 것으로 알고 있다.

로사는 냉장고에서 콜라 한 캔을 꺼내 마시며 생각을 정리했다. 빛나는 교회는 어디든 깔끔하고 정돈된 분위기였다. 별관의 계단과 난간은 반짝반짝 빛이 날 지경이었다. 나올 때 보니 청소하는 아주머니 두 분이 열심히 대걸레로 계단과 복도를 닦고 있었다. 하루에도 몇 번씩 청소를 하는 것 같았다. 이쯤 되면 교회 담임 목사가 결벽증이 있거나 청소와 정리에 강박증이 있다고 봐도 무방했다. 선영도 그랬다. 어쩌면 교회의 영향인지도 모른다. 연서는 이런 분위기를 어떻게 받아들였을까. 자유분방한 성격이라면 자기를 옭아맨다고 생각했을 수도 있다. 한창 예민한 시기의 아이들은 조그마한 자극을 부풀려서 느끼기도 하는 법이다. 어른들이 영향을 받을 정도라면 아이들은 더 그럴 것이다. 로사는 연서의 우울하고 슬픈 눈동자와 선영의 감정이 느껴지지 않는 눈빛을 번갈아 떠올렸다.

* * *

선주시에 'WOOIN'이 들어가는 오피스텔은 두

군데였다. 우인 오피스텔, 더 우인 VIP 오피스텔. 우인 오피스텔은 로비에 'WOOIN'이라는 마크가 없었다. 더 우인 VIP 오피스텔에 가니 50대 후반 정도의 관리 소장이 시우가 보여 주는 사진 속 허재우를 알아봤다. 그는 허재우가 이곳을 공부방으로 쓴다고 했다. 관리비, 월세 모두 아버지 허규석의 이름으로 들어오는 것도 확인했다.

"볼 때마다 인사하고 어찌나 예의가 바른지 그런 아들 하나 있으면 좋겠다는 생각이 다 들었다니까요."

그는 이 오피스텔에서 5월부터 근무했는데 근무 첫날 자기에게 인사를 해 준 사람이 허재우라고 했다. 얼마 본 사이도 아닌데 오래전부터 봐 왔던 것처럼 칭찬하는 걸 보니 허재우는 겉으로는 정말 누가 봐도 바른 청년이었던 것 같았다. 시우는 관리소장에게 자초지종을 설명하고 그와 함께 허재우의 오피스텔로 올라갔다. 1212호. 관리소장은 마스터키로 현관문을 열어 주며 젊고 착한 사람이 어쩌다 그런 일을 당했냐며 안타까워했다.

시우는 관리소장을 현관 안쪽에 세워 둔 채 안으로 들어가며 장갑을 착용했다. 열 평쯤 되는 원룸은 하얀 커튼을 기준으로 두 개의 공간으로 분리되어 있었다. 시우는 휴대폰에 허재우의 SD카드에서 찾은 사진을 띄우고 이곳의 내부와 비교했다. 현관에서 가까운 쪽 창문에도 하얀 커튼이 달려 있었고 그 앞으로 하얀 커버를 씌운 침대가 있었다. 침대 옆 사이드 테이블 위에는 하얀 갓 모양의 램프가 있었다. 사이드 테이블을 붙여 놓은 벽에는 하얀 새 모형이 걸려 있었다. 전부 사진과 같다. 여기서 여학생들 사진 찍은 거다. 시우는 안을 꼼꼼하게 둘러보았다. 사이드 테이블의 서랍은 텅 비어 있었다. 아무도 이 오피스텔에서 생활한 것 같지 않았다. 시우는 맞은편 대각선의 부엌 구석에 놓인 세탁기 위에 하얀 침대 커버와 커튼이 차곡차곡 포개져 놓인 것을 보았다. 아무래도 여기는 스튜디오처럼 사진만 찍는 공간 같았다. 뒤에서 관리소장이 젊은 남자가 참 깔끔하게 해 놓고 살았다며 감탄하면서도 연신 안타까워했다.

시우는 일단 휴대폰으로 침대 쪽 공간을 꼼꼼하게 사진 찍은 후 커튼 건너편 공간으로 넘어갔다. 여기는 반대편 공간과 완전히 달랐다. 혼자 겨우 앉을 수 있을 정도의 좁은 공간에는 창문도 없었다. 벽에는 나무 십자가가 걸려 있었고 그 아래에 놓인 좌식 책상에 벽걸이 새 모형과 똑같은 하얀 새 스티커가 붙어 있었다. 성경과 B7 용지 크기의 다이어리와 볼펜. 어딘가 쓸쓸한 풍경이었다. 시우는 손을 뻗어 다이어리를 조심스럽게 펴 보았다. 앞쪽 연간 계획 페이지 맨 위에 볼펜으로 'M. A'라는 알파벳 머리글자가 적혀 있었고, 그 아래로 다섯 명의 이름이 같은 필체로 나열되어 있었다. 안정은, 주서아, 김예은, 황지민, 박윤지. 그리고 마지막에 허연서. 허연서 위에는 가위표가 그어져 있었다. 다섯 명의 여자 이름. 허재우의 사진 속 여학생도 모두 다섯이었다. 그 아이들일 가능성이 높다. 주간 계획 페이지로 넘어오자 올해 1월 말부터 3월까지 학생들 이름이 날짜별로 적혀 있었다. 한 명일 때도 있고, 두 명일 때도 있었다. 하지만 가위표가 쳐진 연서는 주간 계획에 없었다.

"허연서의 이름은 지워졌다. 없다… 사진도 없다…"

대체 뭘까. 허재우는 동생에게 딴마음을 품었던 걸 가까스로 억제했던 건가. 시우는 다이어리를 쭉 넘기다가 6월 30일 목요일에서 멈췄다. 거기에는 이렇게 적혀 있었다.

'이게 정말 맞는 걸까요…. 하나님.'

본인의 욕망을 억제하지 못하고 벌인 행동을 후회하는 것인가. 허재우는 여학생 교복 페티시가 있었고 그것 때문에 괴로워했을 가능성이 높다. 시우는 다이어리와 성경을 증거물 봉투에 넣었다. 다이어리에 이름이 적힌 사람들부터 찾아야 했다. 시우는 관리소장에게 고맙다는 인사를 한 후 서둘러 경찰서로 향했다.

* * *

7월 18일 월요일. 로사는 시우를 만나기 위해 세진종합병원 본관 카페에 앉아 있었다. 원래는 혼자 올 계획이었는데 시우가 연서에게 물어보고 싶은 게 있다며 급히 연락을 해 왔다. 시우는 로사에게 허재우의 카메라 속 사진과 그의 다이어리에 대한 이야기를 전하며, 허재우의 다이어리에서 나온 이름 중 김예은이 연서와 같은 서울예술중학교 학생이라고 말했다. 그는 김예은이 연서보다 한 학년 위지만 같은 교회에 다니고 있으니 연서가 그녀를 알고 있을 거라 추측했다. 이제 시우에게 연서는 더 이상 주요 참고인이 아니었다. 이용태를 비롯해 몇몇이 사건 당일에 연서의 수상한 모습을 봤다고 증언한 이상 시우는 연서를 잠재적 용의자로도 보고 있었다. 시우는 연서가 공범에게 이용이나 배신을 당했을 가능성이 있다고 봤다. 그렇기 때문에 그녀의 진술을 같이 듣겠다고 했다.

그에게는 다른 이유도 있었다. 시우는 허재우의 다이어리에 적힌 이름을 빛나는 교회 교인 중에서 찾아보았다. 그중 김예은과 황지민만 중·고등부에 있었는데 황지민은 사진 속 학생이 아닌 동명이인이었다. 나머지 세 명은 올해 2월, 3월에 각각 다른 교회로 옮겼다. 시우는 혹시나 하는 마음에 이전 교인 명단과 현재 교인 명단을 비교해 보았다. 3년 사이에 꽤 많은 사람들이 교회를 옮겼다. 무엇보다 3년 전부터 새로운 교인들이 많이 증가하기 시작했다.

"교회는 다른 데로 옮겨도 되잖아요."

로사의 말에 시우는 답답하다는 표정으로 대답했다.

"전에는 이 정도는 아니었다는 거죠. 어떤 사람은

거의 20년 동안 다니다가 나갔어요. 이런 경우는 흔하지 않잖아요."

결벽증. 로사는 시우와의 대화를 떠올리며 혼잣말을 중얼거렸다. 빛나는 교회는 지나치게 깔끔하다. 로사가 봤던 모든 곳이 잘 정리가 되어 있었다. 시우도 지하 3층이 그렇게 아무렇게나 방치되어 있는 게 믿기지 않을 정도라고 말했다. 평범한 사람들에게는 그런 강박 장애가 고역일 수 있다. 혹시 이것이 기존 교인들이 교회를 옮긴 이유가 아니었을까. 앞뒤 정황을 꿰어 맞춰 보면 3년 전의 이런 변화 때문에 교회를 떠난 사람들이 생기고 새로운 사람들이 늘어났을 수 있다.

"그 3년 전의 변화가 뭘까. 왜 교회 전체가 결벽증에 걸린 거지."

로사의 머릿속에 선영의 얼굴이 떠올랐다. 그때 카페 밖에서 손을 흔드는 시우가 보였다. 로사는 얼른 생각을 지우고 마시던 콜라와 컵을 카운터에 올려놓고 카페를 나왔다. 시우가 선반에 놓인 콜라를 잠시 못마땅하게 보더니 로사와 발을 맞춰 걷기 시작했다.

"형사님은 밖에서 기다리고 계시다가 제가 얘기 끝나면 들어오시는 거 어때요."

둘이 같이 들어가는 것보다 일단 혼자 들어가서 먼저 연서의 마음을 가라앉히는 게 낫다고 생각했다.

"저도 이번엔 맞고만 있지 않을 건데요."

시우는 은근히 자존심이 상하려고 했다. 엄연히 자기가 경찰인데 일반인 자문위원에게 주요 용의자를 빼앗긴 기분이 들었다. 시우가 입 모양을 보여 주려 로사를 봤지만 그녀는 긴장감 없이 눈만 깜빡거렸다.

"형사님을 위해서가 아니라, 연서를 위해서 그러는 거예요. 스트레스 받으면 기억이 더 빨리 안 돌아올 수도 있고요."

그 말에 시우는 어쩔 수 없이 수긍했다. 수사를 진행하는 데 연서의 기억이 돌아오는 게 가장 중요했다.

두 사람이 연서의 입원실 앞에 도착했을 때였다. 입원실 앞을 지키는 순경이 안을 기웃거리다가 시우를 보고 얼른 다가왔다. 연서가 자꾸 퇴원하려고 한다는 것이었다. 이유는 모르겠지만 상당히 불안해 보인다고도 했다.

로사가 들어가자 창가를 서성이던 연서가 그녀를 흘끗 보더니 턱에 힘을 줬다. 긴장해서 어금니를 꽉 깨무는 모습이었다. 로사는 연서와 거리를 유지한 채 귀마개를 빼고 그 자리에 서서 말했다.

"무슨 일 있었어? 순경님한테 퇴원하겠다고 했다며? 의사 선생님은 뭐라고 하셔?"

연서는 떨리는 눈동자로 로사에게 시선을 돌리더니 오히려 다른 질문을 했다.

"어제는 왜 안 왔어요?"

긴장의 남보라, 불안과 두려움의 파랑. 절망의 회색과 우울함을 나타내는 네이비블루까지. 모두 어지럽게 섞인 목소리였다. 자신을 혼자 둔 것을 약간 원망하는 듯 느껴지기도 했다. 로사는 뭐라고 대답해야 할지 잠시 망설였다.

"아… 미안. 어제는 다른 일이 좀 있었어. 말도 안 하고 안 와서 기분 나빴겠다. 진짜 미안."

못 온다고 연락을 할걸. 로사는 미리 그 생각을 못한 자신의 무심함을 탓했다. 연서는 여전히 불안해 보였지만 조금 누그러진 표정으로 문 쪽을 살폈다. 그러더니 로사에게 다가와 속삭이듯 말했다.

"밖에 경찰 어제부터 밤에도 안 가고 있던데, 왜 계속 있는 거예요? 뭐 때문인지 알아요?"

"그냥 너 지키려고 하는 거야."

반은 사실, 반은 거짓이었다. 연서가 칼을 들고 지하실로 내려갔다는 추가 증언에 시우가 순경을 스물네 시간 상주시키기로 한 것이다. 다른 용의자로부터의 보호와 유력한 용의자 감시. 두 가지 이유였다. 로사는 머리가 지끈거리는 것처럼 마음도 불편했다. 사람들의 위선과 악의를 보는 것도 힘들지만 자신의 거짓을 보는 건 더 힘들다.

　　"왜 지키는데요? 뭐 알아낸 거 맞죠? 누가 뭐라고 했죠?"

　　연서의 목소리가 보랏빛 아지랑이처럼 올라와 그녀의 얼굴을 덮었다. 불안이 극에 달한 거 같았다.

　　"경찰이 뭘 알아냈을까 봐 신경 쓰이는구나."

　　로사가 베이지의 차분한 목소리로 연서에게 다가가 손을 잡았다. 아이의 가느다란 손가락이 차가웠다. 온기가 전달되자 연서는 금방 울음을 터트릴 것 같은 얼굴로 로사를 바라보았다.

　　"다 나 때문이에요."

　　연서의 목소리는 사실의 하얀색과 두려움의 파란색, 슬픔의 자줏빛이 엉켜 있었다. 밖에서 그 말을 들었는지 시우가 들어왔다. 로사 뒤의 시우를 본 연서의 표정이 순식간에 굳었다. 로사가 뒤를 돌아 시우를 확인했다. 연서가 신경질적인 표정으로 주변을 두리번거렸다. 뭐 집어 던질 게 없나 찾는 모양새였다.

"연서야, 너 때문이라고 생각하는… 이유가 있어?"

로사가 조심스레 물으며 연서의 주의를 자신에게 돌렸다. 연서는 로사의 눈을 바라보며 훌쩍이기 시작했다.

"전 엉망이에요. 저도 제가 문제아라는 거 알아요. 그렇지만… 그러니까… 더는 아무것도 망치고 싶지 않아요."

연서는 말을 끝맺지 못하고 끅끅 울음을 삼켰다.

"연서 때문에 오빠가… 그렇게 됐다는 뜻이야?"

로사는 아까보다 더 조심스럽게, 질책하지 않는 말투로 물었고, 연서는 고개만 끄덕거렸다.

"뭐 기억난 게 있는 거지."

연서는 가만히 있었다. 두 사람을 지켜보던 시우가 못 참겠다는 듯 끼어들었다.

"연서 학생, 김예은 알지? 같은 학교 3학년."

연서는 시우를 보지 않은 채 마지못해 고개를 끄덕였다.

"그 언니 유학 갔어요. 아니다, 이민이요. 온 가족이 미국 갔다고 했어요."

"혹시 말이야, 학생 오빠하고 김예은하고 무슨 일이 있었는지 알아?"

연서는 잠시 침묵했다. 그러더니 로사와 잡은 손을 물끄러미 바라보며 독백처럼 중얼거렸다.

"오빠는 아무 잘못 없어요."

"아니. 아무 잘못 없는 사람은 없어. 그러면 내가 왜 학생한테 김예은에 대해 물어보겠어?"

시우가 많은 걸 알고 있다는 투로 말하자 연서는 강하게 부정했다.

"아니요. 오빠는 엠 에이예요! 그거 아무나 되는 거 아니거든요!"

"엠에이? …영어 알파벳 M, A 맞아?"

시우가 확인하듯 물었다. 그때였다. 등 뒤에서 선영의 목소리가 들려온 것은.

"선생님…?"

입원실 안에 냉기가 흘렀다. 로사는 진한 노란색에 검은 점들이 떠다니는 불신의 색을 보기도 전에 등줄기에 오스스 소름이 돋았다. 눈앞의 연서는 완전히 얼어붙어 있었다. 로사가 미처 선영에게 몸을 돌리기 전에 시우가 나섰다.

"안녕하십니까, 어머니."

"어떻게 여기 다들 계시네요."

"공무 중이니까요."

시우가 사실만 그대로 전달했다. 선영은 가벼운 고갯짓으로 알겠다는 표시를 하고 바로 로사 옆으로 다가왔다.

"선생님, 이렇게 또 와 주시고… 연서 신경 많이 써 주셔서 감사해요."

"막 가려던 참이에요."

로사는 선영의 붉은색과 옅은 노란색이 섞인 목소리에 질려 먼저 인사를 하고 그 자리를 빠져나왔다. 귀마개를 막 끼우는데 선영이 그녀를 따라 나와 나란히 걸었다.

"선생님, 연서 내일 퇴원할 건데, 수련회 가기 전에 연서 좀 만나 주세요. 정신 차리고 공부하고 연습하고, 교회 일에 충실할 수 있게요."

"저야… 그냥 얘기를 들어 주는 것뿐이라서요."

로사는 거짓말을 하면서 선영을 마주하고 있는

자신이 불편했다.

"선생님이 잘해 주시니까 연서도 따르는 것 같은데, 따끔하게 한 말씀 해 주세요. 걔도 다른 사람 말보단 선생님 말을 듣지 않겠어요? 애가 부모 말을 안 들어서 이렇게 부탁드리는 게 부끄럽긴 해요. 근데 다쳤다고 핑계 대고 또 교회 빼먹을까 봐 그래요."

선영의 입술을 주의 깊게 읽은 로사가 답했다.

"이번 주는 좀 쉬어도 되지 않을까요? 아직 몸도 다 낫지 않았고, 무엇보다 마음의 상처가 나으려면 시간이 필요하잖아요."

"그러니까 더 가야지요."

선영은 바윗돌처럼 단단했다. 너무도 확고해 보였다.

"우리의 마음과 몸의 상처를 치료해 주실 분은 주님밖에 없잖아요. 주님 앞에 나아가서 고침을 받아야죠. 선생님, 그렇죠?"

로사는 높고 단단한 벽을 마주한 것 같아 아무 말도 할 수 없었다. 아니라고 하면 이 자리에서 바로 자신을 비난하며 몰아붙일 기세였다. 당연히 그래야 하는 걸 모르냐고 다그치는 느낌. 로사는 결국 알겠다고 대답할 수밖에 없었다. 집에 돌아오는 내내 로사는 괜히 분하고 억울했다. 목소리의 색을 보지 않았는데 이렇게까지 감정이 흔들리는 건 아주 오랜만이었다. 연서는 항상 이런 기분이었을지 모른다. 아니, 그랬을 것이다.

8

이른 새벽부터 출근한 시우는 지금까지 수사한 정보들을 머릿속에 재정리했다. 이번 수사의 날짜별 증거들과 참고인 진술 파일을 차례대로 훑어보던 그는 '허연서'라는 이름을 보자 한숨이 나왔다. 어제 시우는 선영에게 연서의 최면 수사를 권했고, 그 자리에서 바로 거절당했다. 시우는 연서가 위험할 일은 없을 것이고 최대한 배려하겠다고 좀 더 상세히 설명했다. 그러자 선영의 입에서 뜻밖의 말이 나왔다.

"아직은 아니에요. 목사님한테 상의도 안 드렸는데 이렇게 막 결정할 수 있는 문제는 아닌 거 같아요."

"이건 어머니가 결정해 주시면 됩니다."

"아니에요. 영적인 것과 직결되는 문제는 목사님 의견을 들어 봐야 돼요. 그 전에는 절대 안 돼요."

그러더니 선영은 시우를 아래위로 훑으며 빈정거렸다.

"형사님, 연서 진술 없다고 범인 못 잡는다는 건 좀 그렇지 않나요? 경찰로서 능력이 없는 거죠, 그건. 진실을 밝혀서 애 기억을 되살려도 모자랄 판에."

시우는 파일을 던지듯 한쪽으로 치웠다. 벌써 화요일. 사건이 발생한 지 일주일이 되는 날이지만 모든 게 제자리걸음이었다. 거기에 보태 피해자 부모까지 비협조적이다. 종교 문제로 수사 기법을 거절할 수는 있다. 이런 경우가 전에도 전혀 없었던 건 아니었다. 그런데 경찰 능력까지 운운하는 건 지나치게 감정적이다. 그 말이 시우의 자존심을 짜증스럽게 긁었다. 명치 부근에서 뜨거운 것이 확 올라와 아직도 속이 화끈거렸다.

사건 당일 내린 비 때문에 살인 현장과 허재우의 시신에서 쓸 만한 증거가 거의 나오지 않은 데다 협조적인 교인들이 많지 않은 상황에서 연서의 기억이야말로 이 사건의 가장 중요한 열쇠가 될 게 분명했다. 그리고 연서가 공범이거나 범인과 어떤 식으로든 연결되어 있다면, 여청과와 공조를 해야 할 수도 있다. 부모란 사람이 제대로 협조도 안 하면서 그딴 식으로 말하다니. 말 그대로 곧 몸에서 사리가 나올 지경이었다.

그러고 보니 경찰서에 들어올 때 부사수 송재경과 마주쳤다. 재경은 옷만 갈아입고 다시 나가는 길인지, 시우를 보더니 어, 어… 하며 당황하다 밖에서 다른 형사들이 튀어 와, 하는 소리에 재빠르게 뛰쳐나갔다.

"뭐 할 말 없으면 튀어 오래. 자기들만 바쁜가."

시우는 턱에 힘을 꽉 주며 과수대에서 보낸 파일을 클릭했다. 허재우의 SNS 정보였다. 들어가 보니 본 계정에는 거의 피드가 없었다. 프로필은 나무 십자가 사진이었고 교회와 대학교 공식 계정만 팔로우하고 있었다. SNS 활동을 이렇게 안 하는 20대가 있다니 신기했다. 그런 데 관심 없는 시우조차 거리 풍경을 찍어서 올리거나 재미있게 본 영화, 책에 대해 포스팅을 한다. 기본적으로 10대, 20대는 SNS 활동에 적극적이지 않나. 허재우의 노트북도 그렇고 지금까지 따라온 흔적들을 보면, 그는 이른바 현실에 존재하지 않는 유니콘 같았다. 더 우인 VIP 오피스텔 1212호와 거기서 찍은 사진들을 제외하고는. 어쩌면 부계정에는 여학생들 사진이 잔뜩 있을지도 모른다.

"아무튼 평범하진 않아. 집안 전체가."

투덜대면서 부계정에 들어간 시우는 입맛을 다셨다. 역시나 팔로워도, 팔로잉도 없다. 그러다가 그의 시선이 프로필에서 멈췄다. 프로필 사진은 예의 그 하얀 새 모형을 찍은 것이었다. 프로필 이름은 M. A. 허재우의 다이어리 맨 앞에 적혀 있던 M. A다. 그리고 그 아래 소개란에는 'Michael's Army, 미카엘의 군대'라고 적혀 있었다.

"엠 에이, 미카엘의 군대."

'오빠는 엠 에이예요! 그거 아무나 되는 거 아니거든요!'

연서는 재우가 특별한 것처럼 말했다. 이 M. A를 조사할 필요가 있다. 시우는 인터넷 창을 열고 빛나는 교회 홈페이지에 들어갔다. 요즘은 홈페이지를 거의 사용하지 않는지 2019년 여름 게시물이 마지막이었다. 조직도에도 게시판에도 M. A에 대한 정보는 없었다. 시우는 휴대폰에서 로사가 보낸 허재우의 교회 사진을 찾아보았다. 마찬가지로 2019년 수련회 사진이었다. 그렇다면 2019년 이후에 M. A라는 게 생겼을 수 있다.

시우는 허재우의 부계정 피드를 더 살펴보았다. 6월 초까지 간간이 영어로 된 성경 구절을 올리고 그 말씀을 한국어로 번역해 놓았다. 거기서 시우는 'LV.'라는 약자를 쓴 성경 구절을 발견했다. 첫 번째 게시물이었다. 한국어 번역은 이렇게 적혀 있었다.

"만일 여호와께 드리는 예물이
새의 번제이면 산비둘기나 집비둘기 새끼로
예물을 드릴 것이요"
―레위기 1장 14절 ―

"찾았다!"

그는 자기도 모르게 탄성을 질렀다. LV. 레위기. 아무리 성경일지라도 영어 약자라면 주철용 경비원처럼 나이가 많은 교인은 모를 수도 있다. 그는 재빠르게 레위기 24장 16절을 검색했다.

"여호와의 이름을 모독하면 그를 반드시 죽일지니 온 회중이 돌로 그를 칠 것이니라. 거류민이든지 본토인이든지 여호와의 이름을 모독하면 그를 죽일지니라."

시우는 수첩에서 수사 첫날 기록을 찾았다. '내부

인의 소행?'이라고 적은 글에 동그라미를 쳤다. 그리고 페이지를 넘겨서 허규석과 이선영의 진술을 적은 페이지 맨 마지막에 '딸 허연서 의심. 왜?'라는 부분에 세모 표시를 했다. 범인이 내부인이라는 것은 확실해졌다. 모두에게 친절하고 신앙심이 깊다는 모범생 허재우가 사실은 여학생 교복에 은밀한 성적 페티시를 품고 있었다. 늘 비교당했던 연서가 알았다면 어땠을까? 심한 배신감을 느꼈을 수 있다. 허연서는 역시 단순한 피해자가 아닐 가능성이 크다. 본인도 자기 때문이라고 하지 않았는가. 시우는 로사에게 연서가 빨리 기억을 찾을 수 있게 해 달라고 '급급급'이라는 말을 붙여서 문자를 보냈다.

* * *

연서에게 가기 전 로사는 약국에서 손목 보호대를 샀다. 로사가 피아노를 전공한 줄 아는 교회 사람들이 갑자기 피아노를 치라고 할까 봐 대비해 두는 것이다. 로사는 월요일에 입원실에서 선영과 마주쳤던 일을 떠올렸다. "선생님?" 하고 자신을 부르던 선영의 목소리를 듣는 순간 말 그대로 온몸이 식었다. 웬만해서는 당황하거나 긴장하지 않는데도 그때는 아무 말도 생각나지 않았다. 시우가 제때 나서지 않았더라면 자신의 정체를 사실대로 말했을 것이다.

문득 새벽 6시쯤 받은 시우의 문자가 생각났다. 연서의 기억을 빨리 되살려 달라는 것이다. 로사도 그러고 싶다. 하지만 사람의 정신세계라는 게 '자, 이제 답을 꺼내세요.'라고 한다고 기다렸다는 듯 원하는 답을 내주는 시스템이 아니다. 연서는 재촉하면 더 안으로 숨어 들어가 버릴지도 모른다. 서두르지 말자는 마음으로 로사는 시우에게 답 문자를 보냈다.

좀 기다리세요.

시우의 초조함은 충분히 이해했지만 자기까지 성급히 움직이면 될 일도 더 안 될 거라고 생각했다.

아침에 로사는 인터넷에서 빛나는 교회를 찾아보았다. 예수교 장로회 통합 교단에 속해 있었고 생긴 지 올해로 34년째였다. 홈페이지상으로는 크게 문제가 없어 보였다. 로사가 교회에 의구심이 생긴 것은 선영의 태도 때문이었다. 지나치게 교회에 의존적일 뿐 아니라

집 안 인테리어도 교회의 영향을 많이 받은 듯했다. 결벽성까지 따라 하는 것처럼 보였다. 문득 연구소의 지서진 팀장이 교회에 다닌다는 게 생각나서 빛나는 교회를 아는지, 선영이 유별난 건지 문자로 물어보았다.

교회에 유독 열심인 사람들이 있어. 심리적으로는 의존적일 수도 있다고 보는데 이상한 건 아닐 거야. 빛나는 교회가 예수교 장로회면 정통 교단이야.

서진의 답 문자를 보니 선영이 특이한 케이스는 아닌 모양이었다. 종교는 위로와 의지의 기능으로 사람들을 돕는다. 겉보기에는 강하고 단단한 선영이지만 마음 깊은 곳에 누구보다 약한 자신을 숨겨 놓고 있을지도 모른다. 그렇지 않으면 이렇게 교회와 자아를 동일시할 리 없다. 이런저런 생각을 하며 병원으로 들어설 때였다. 누군가 병원 정문을 뛰쳐나와서 오른쪽으로 큰 원을 그리며 밖을 향해 달려갔다. 로사는 그 뒤를 바짝 쫓는 사람을 알아보았다.

"어, 순경님!"

연서의 입원실을 지키고 있던 순경이다. 로사는 그녀가 수신호를 보내는 쪽으로 같이 쫓아가기 시작했다. 연서는 재빠르게 병원 주차장을 지나쳐서 거리로 뛰어갔다. 순경이 거리를 좁히며 연서가 뛰어간 쪽으로 향했고, 그 뒤를 로사가 바로 따라갔다. 저만치 연서가 버스를 타려다가 순경에게 손목이 잡히는 장면이 보였다. 로사는 그들을 향해, 두 사람은 로사를 향해 다가왔다.

"정신과 검사 끝나고 나오더니 갑자기 도망쳤어요."

순경이 숨을 헐떡이며 말했다. 로사는 일단 연서를 진정시키기 위해서 잠깐 버스 정류장 벤치에 앉았다. 순경에게는 다른 사람들이 연서를 이상하게 볼 수 있으니 되도록 떨어져 있어 달라고 부탁했다. 도망가지 않게 잘 설득하겠다는 말도 덧붙였다. 연서는 가쁜 숨을 연신 내쉬며 딴전만 피웠다. 의도적으로 로사의 시선을 피하는 것이었다. 로사는 귀마개를 빼고 연서가 보는 곳으로 시선을 따라갔다. 길 건너편인지 그냥 허공인지 정확히는 알 수 없었다.

"어디 가려고 그랬어? 순경 언니 따돌린 거 보니까 집은 아닐 거 같은데."

연서는 대답 대신 숨만 몰아쉬었다. 아이의 호흡이 가늘게 떨리고 있었다. 로사는 짚이는 게 있어서 슬쩍 떠보았다.

"기억난 거 있으면 얘기해도 괜찮아."

연서는 머리라도 한 대 맞은 표정으로 로사를 보더니 이내 다시 시선을 허공으로 돌렸다.

"도망간다고 기억난 게 없어지지는 않아."

"뭘 자꾸 아는 척이에요? 내 마음이 어떤지 알지도 못하면서."

"다는 모르지만 어느 정도 짐작은 가. 나도 그런 적이 있거든. 너보다 어릴 때."

두려움과 분노가 섞인 파란색과 주황색 목소리에 로사가 답했다. 연서는 뜻밖의 말에 눈이 동그래져서 다시 연서를 보았다.

"아주 어릴 때, 기절했다가 깨어났더니 세상이 바뀌어 있었어. 그런데 나는 아무것도 생각이 안 났거든. 시간이 지나면서 조금씩 기절하기 전 기억이 떠오르는데… 다 내 잘못 같고, 나 때문에 벌어진 것 같고 그랬어."

"누가… 죽었어요? 나처럼?"

로사는 고개를 살짝 끄덕였다. 어쩌면 처음부터 이 아이의 기분을 잘 알아차린 것도, 마음이 쓰인 것도 자신의 과거와 겹쳐 보여서였는지도 모른다. 이 아이도 그런 나에게 무의식중에 동질감을 느끼고 조금이라도 마음을 보여 준 게 아닐까.

"나는…."

연서는 목이 메어 차마 말을 끝맺지 못했다.

"나는 분명히 칼을 들고 있긴 했어요. 오빠 캠핑용 칼이요. 그리고… 오빠가 서 있던 게 기억나고, 그다음은 몰라요."

연서는 지난밤 떠오른 기억을 말하며 두 손으로 얼굴을 가렸다. 아이의 어깨가 들썩였다. 울고 있었다. 연서는 사실을 말하고 있었다. 로사는 차분히 생각을 정리했다. 재우와 연서는 돌로 된 둔기로 머리를 먼저 맞은 거 같다고 했다. 둘이 몸싸움을 한 흔적도 없다. 그렇다면 제3자에게 돌을 맞고 쓰러졌을 거고, 연서는 들고 있던 칼을 살인에 쓰지 못했을 거다.

"누구 다른 사람은 기억 안 나고?"

연서는 잠시 가만히 있더니 두 손을 얼굴에서 내리며 로사를 보았다.

"검은 그림자 같은 건 기억나요."

"그래. 일단 거기까지는 형사님한테 얘기하는 게

어때? 그 사람이 너를 다치게 했고, 오빠도 그렇게 만들었을 거 같은데."

연서는 고개를 절레절레 흔들었다. 완전히 겁을 집어먹은 표정이었다.

"알았어. 말하기 힘들면 안 해도 돼. 그런데, 도망가면 네가 더 의심받지 않을까? 사람들 심리가 그래. 네가 솔직하고 당당하게 행동하면 사실은 사실대로 밝혀질 거야."

"만약에… 내가 했… 으면요?"

"네가 거짓말을 하지 않는다는 걸 내가 보증할 수 있어. 약속할게."

"그걸 어떻게 알아요?"

"오빠가 싫었어?"

연서는 고개를 가로저었다.

"거봐. 너는 오빠를 믿었고, 싫어하지도 않아. 오히려 자랑스러워했지? 그 누구도 자기가 그렇게 생각한 사람을 갑자기 죽이지는 않아."

연서는 로사를 빤히 보더니 그녀의 진심을 읽은 듯 표정이 풀렸다. 드디어 안심하는 눈치였다. 잠시 숨을 돌린 두 사람이 같이 일어나서 병원으로 돌아가려는데, 연서가 로사의 팔을 붙잡고 물었다.

"어떻게 나를 그렇게 믿어요? 나도… 나를 못 믿겠는데."

"내 눈에는 보이거든. 네가 거짓말하지 않는다는 거."

담담하지만 확고한 로사의 목소리에 연서의 눈동자가 흐려졌다.

"너도 너 한번 믿어 봐."

"아무도 날 믿지 않는 것 같은데 어떻게요."

"네가 너를 믿어 줘. 그러면 다른 사람들도 너를 믿을걸."

뭔가 생각하는 연서의 표정이 복잡해 보였다. 이윽고 연서가 로사를 다시 보았다.

"저기, 혹시… 전화해도 돼요? 그냥 아무 때나요."

연서는 주먹을 꽉 쥐고 있었다. 애써 용기를 낸 것이다.

"번호 찍어."

로사는 빙긋 웃으며 연서에게 휴대폰을 건넸다.

9

7월 20일 수요일 오전. 시우는 허규석과 이선영을 강력팀 회의실에서 다시 만났다. 두 사람은 이제까지와 다르게 냉랭한 태도를 보였다. 선영은 전에도 시우를 불편해하는 기색이었기에 예상은 하고 있었다. 규석은 재우와 연서의 손목에 적혀 있던 성경 구절과 재우의 여학생 교복 페티시를 설명하자 바로 적대적으로 변했다.

"형사님, 제가 분명히 말씀드렸을 텐데요. 재우는 정말 신실하고 모두에게 사랑받는 아이였다고요. 그 오피스텔은 재우 공부방이에요! 카메라 사진 몇 장하고 다이어리에 애들 이름 써 있는 거 가지고 남의 멀쩡한 아들을 이상한 사람 만드시는 겁니까?"

규석의 언성이 점점 높아졌고 선영은 시우를 무섭게 쏘아보았다. 시우는 침착하게 여학생들 사진 일부와 다이어리에 아이들 이름이 적힌 부분을 내밀었다.

"여기 적힌 학생들은 다 다른 지역으로 이사 갔습니다. 김예은, 따님하고 같은 학교 다녔던 이 학생은 미국으로 이민 갔고요. 두 분도 알고 계셨죠? 이 학생들 부모님들도 대부분 교인이었잖아요. 요즘 같은 시대에 자기 자식이 그런 일을 당했다고 가만히 있지 않았을 것 같은데, 그렇다는 건 아드님이 학생들 입을 막았다는…."

"자기들이 잘못한 게 있으니까요!"

선영이 답답하다는 듯 말을 끊었다. 시우는 입을 다물고 선영을 똑바로 보았다. 회의실에는 에어컨 돌아가는 소리만 간간이 들렸다.

"그 애들도 이상했고, 걔네 부모들도 다 엉망이었어요! 봉사 한 번을 제대로 한 적이 없는 사람들이에요. 여름하고 겨울에 있는 수련회나 작은 교회 돕기에도 코빼기 한 번 안 보였고요! 그런 사람들이 자식 교육은 똑바로 시켰겠어요? 걔들, 주일에 교회는 안 오고 지들끼리 여기저기 몰려다니고 성인 남자나 만나고 다녔다고요! 그런 애들을 문제 삼아야지, 왜 남의 죽은 아들을 범죄자 취급하세요? 그게 경찰이 할 일이에요?"

"그걸 어떻게 아셨습니까?"

"뭐가요!"

선영은 화를 참으려고 애쓰는 기색이 역력했다.

"그 학생들이 뭘 했는지 말입니다. 애들이 직접 말하지는 않았을 거고…. 따님이죠? 따님이 그 애들과 친했기 때문에 못마땅하신 거고요."

규석과 선영은 아무 말도 하지 않았다. 부정하지 않는 것이다.

"그래도 허연서 양이 그 학생들을 끝까지 따라가지는 않았을 겁니다."

연서는 크롭티를 사기는 했지만 입을 용기는 없었다. 그렇기 때문에 상표도 떼지 않고 침대 밑에 숨겨 둔 것이다.

"어머니, 연서가 최면 수사 받으면 그런 얘기를 할까 봐 꺼리신 것 아닙니까?"

"애 하나 구슬려서 자백도 못 받는 주제에 무슨

말이 이렇게 많아!"

선영의 아랫입술이 부르르 떨렸다. 본색이 나오는 건가. 지금까지 도도하고 우아했던 여자가 발작하듯이 소리를 질러 댔다.

"따님은 왜 의심하십니까. 그럴 만한 이유가 있을 텐데요."

"보면 알잖아요. 개만 믿음이 있었어도 우리 집에 이런 일이 생겼겠어요? 그리고, 오빠는 죽었는데 어떻게 지만 살아서 나와요?"

"그건 다행 아닌가요? 아이한테 문제가 있으면 그런 애매한 것 말고 정확한 문제 행동을 말씀해 주십시오. 크롭티 사고 대학생 만나는 친구 둔 아이들은 많습니다. 어머니가, 계모여서 그러시는 건 아니라고 믿고 싶습니다."

시우가 도발하자 선영은 금방이라도 그를 한 대 칠 것 같았다. 그러자 규석이 나섰다.

"이제 그만하시죠. 경찰이 범인을 잡아야지 피해자인 저희한테 이러시면 안 되죠!"

규석은 자리에서 일어나 시우에게 그만 보내 달라는 눈빛을 보냈다. 시우는 꿈쩍도 하지 않았다.

"그러니까요. 아드님한테 감정이 있을 만한 사람들은 다 교회를 떠났습니다. 그 사람들은 교회에 별로 관심이 없었으니까 내부 구조도 잘 모를 겁니다. 제가 그 사람들 알리바이도 확인했습니다. 그러면 어머님, 아버님은요? 혹시 교회에서 사이가 안 좋거나 의심 가는 사람 없습니까?"

"우리 교회에는 그런 사람 없습니다!"

"아니요, 아버님. 교회 사람입니다. 그것도 교회를 잘 아는 사람이요. 겉보기에는 완벽해 보이는 아드님이 여학생들을 성적 학대하는 것을 알고 있고, 그것에 분노할 만한 사람입니다."

선영과 규석이 뭐라고 따지려 들자 시우가 단호하게 가로막았다.

"물론, 따님에 대한 수사도 함께 하는 중입니다. 따님과 안면이 있고 아드님에게 불편함을 느꼈을 만한 사람, 두 분과 사이가 안 좋은 사람, 모두 적어 주십시오."

시우는 수첩과 볼펜을 내밀었다. 교회 내부 사람이 아들을 죽였을 거라는 근거를 들이대는데도 교회를 감싸는 부모가 너무 이상했다. 이들은 정말로 교회 사람들은 모두 결백하다고 믿는 걸까. 로사라면 이들의 말이 사실인지 아닌지 알 텐데. 시우는 저도 모르게 로사가 이 자리에 없는 게 아쉽다는 생각을 하고 있었다.

"없어요. 없다니까요!"

선영은 거의 발악하듯 소리를 지르더니 규석을 향해 따졌다.

"내가 오지 말자고 했지! 목사님이 세상 권세가 우리를 파괴한다고, 경찰 만나지 말라고 몇 번이나 경고하셨는데, 왜 당신은 그 말을 안 들어!"

"그래도 경찰이잖아. 나중에 문제라도 생기면…."

"그 목사가 누굽니까?"

격앙된 분위기에 시우의 차가운 목소리가 끼어들었다. 그는 자신의 목소리만큼이나 냉랭한 눈빛으로 두 사람을 번갈아 보았다.

"경찰 만나지 말라고 한 목사 이름도 여기 적으십시오."

그래서 이 사람들 태도가 눈에 띄게 변한 거구나. 시우는 그들을 재촉하듯 수첩을 손가락으로 콕콕 두드렸다.

* * *

연서는 생각보다 빨리 로사에게 첫 문자를 보냈다. 사건 당일 교회에 악보를 놓고 왔는데, 총무실에서 찾아가라는 연락이 왔다고 한다. 그런데 막상 교회에 가려고 하니 몸이 움직여지지 않고 숨을 쉴 수가 없다는 것이다. PTSD, 외상 후 스트레스 장애다. 자기가 죽을 뻔한 장소를 떠올리니 몸이 스스로를 지키려고 과잉 반응을 하고 있다. 로사는 충분히 그럴 수 있으니 걱정 말라고, 자신이 찾아서 만나면 주겠다고 아이를 안심시켰다.

교회 주차장 초입에 서 있으면 본관과 별관이 이쪽을 내려다보는 느낌이다. 교회는 꼭 일주일 전, 지난주 수요일에 살인 사건이 일어난 곳이라고는 생각되지 않을 만큼 조용하고 정갈했다. 지하로 내려가는 계단 입구를 양쪽 다 폴리스 라인으로 봉쇄해 놓았음에도.

연서가 말한 총무실은 교회 본관 2층에 있었다. 왼쪽 계단을 올라가면 보이는 오른편 복도에 행정실과 나란히 붙어 있었다. 총무실에서 악보를 가지고 나온 로사는 반대편 복도로 갈라지는 곳에서 멈췄다. 반대편 복도에는 형광등이 유난히 환히 켜져 있었다. 마치 이리 오라고 빛을 밝히고 있는 것처럼 보였다. 고개를 빼고 보니 복도로 들어가는 오른쪽 입구에는 '부목사실', 복도 막다른 곳에는 '담임 목사실'이라는 명패가 보였다. 담임 목사실 왼쪽 바로 옆에 또 다른 방이 있었다. 그리고 그 방 맞은편 벽에 그림이 걸려 있었다. 낯익은 그림이었다. 로사는 그림을 자세히 보기 위해 복도로 들어갔다. 그림 맞은편 방에는 '부목사 리더 이홍준'이라는 명패가 붙어 있었다.

로사는 그림에 집중했다. 아담과 이브의 심판. 연서네 집 거실에 걸려 있던 그림이다. 지나치게 깔끔하고 정돈된 공간. 거기 걸려 있는 같은 그림. 자식과 교회에 대한 상식적이지 않은 사고방식. 로사가 보기에 선영은 온몸으로 교회를 투영하고 있었다. 규석은 차치하고서라도 선영은 교회에 지나치게 의존적인 게 확실했다. 이 교회가 평범하지 않다는 건 어렴풋이 눈치 채고 있었다. 정통 교단이라고 하지만 로사가 지서진 팀장에게서 보고 들은 교회와는 달리 자율성이 너무 없는 느낌이다. 서진의 말로 교회는 목사를 따라간다는데, 여기 목사는 어떤 사람일까. 선영처럼 독선적이고 지배욕 강한 사람이 투영하는 그 사람.

그때 로사 뒤에서 문 열리는 소리가 들리더니 홍준이 나왔다. 친근해 보이는 인상이었지만 눈빛이 묘하게 차가웠다. 로사가 말없이 빤히 보기만 하자 홍준은 난감한 듯 미소를 지었다.

"어떻게 오셨어요?"

로사는 오른쪽 귀마개를 빼고 계속 그를 빤히 쳐다보았다.

"제가… 악보를 찾으러 왔다가요…. 이 그림이 있길래요…."

홍준은 그림을 보며 흡족한 미소를 지었다.

"훌륭한 그림이죠. 자매님 소속이 어디예요?"

사실만을 말하고 있는 하얀 목소리의 힘에 압도되어, 로사는 하마터면 '연강 심리 연구소'라고 대답할 뻔했다.

"제가 지난 일요일에 등록을 해서 그런 걸 잘 모르거든요."

"아아."

홍준은 그제야 이해하겠다는 듯 눈을 깜빡였다.

"진심으로 환영합니다, 자매님. 앞으로 자주 보면

좋겠어요."

"네, 환영 감사합니다. 그런데요."

홍준이 로사에게 무슨 일이냐는 듯한 표정을 지어 보였다.

"이게 왜 훌륭한 그림인가요?"

"이 그림은 우리에게 많은 걸 가르쳐 주거든요. 죄를 지은 인간은 하나님의 심판을 받게 되는데, 그걸 중간에서 중재하는 게 천사입니다. 이 천사가 우리의 사명이에요, 자매님."

"그 사명이 뭔데요?"

로사는 그의 목소리가 점점 빨갛게 물드는 걸 보며 물었다. 홍준은 턱을 치켜들며 그림으로 시선을 돌렸다.

"순결. 세상을 깨끗하게 지키는 게 우리의 사명입니다. 우리도 늘 예배와 기도로 스스로를 깨끗하게 지켜야 되고요. 자매님이 교회에 잘 정착하셔서 순결해지면 이 그림을 받으실 수 있어요."

그의 목소리에는 빨간색과 분홍색이 묘하게 섞여 있었다.

"저는 지금도 깨끗해요. 그리고 그게 가능한가요? 세상을 깨끗하게 지킨다는 게?"

홍준은 뜻밖의 말을 들었다는 듯 잠깐 눈동자가 흔들렸다. 그러나 곧 표정을 가다듬더니 애써 미소를 지어 보였다.

"진정한 하나님의 백성에게는 그분의 능력이 주어지거든요."

그의 붉은 목소리에 검은색이 스며들었다. 순간 놀란 로사는 "어!" 하고 감탄사를 내뱉었다가 얼른 손으로 입을 막았다. 홍준이 당황한 로사를 의아하게 보았다.

"…괜찮아요, 자매님?"

"아, 네. 그게, 어…."

로사는 침착하게 무슨 말을 할지 생각했다.

"실은 여기서 누가 살해당했다고 뉴스에서 봤는데, 추모 공간 같은 건 없나요?"

"아…."

홍준의 표정이 흐려지는가 싶더니 다시 사람 좋은 미소가 떠올랐다.

"우리는 그 형제님이 천국에 갔다는 걸 믿거든요. 가족이 그 형제 이름으로 봉사하면, 그 형제님도 천국에서 더 높은 자리를 맡게 되니까요. 세상적인 추모는 하지 않습니다."

그의 목소리는 이제 빨강보다 검정이 더 많아졌
다. 빨간색이 실처럼 가늘어지더니 연기처럼 피어오른
검은색에 완전히 덮였다. 악의. 살인한 사람의 색. 이
사람이 장례식에서 들었던 목소리의 주인은 아니지만
분명 그와 관련이 있다.

"그만 가 볼게요."

로사는 잠시 그를 멍하니 보다가 서둘러 복도를
빠져나왔다.

"자매님, 반가웠어요. 나중에 또 봐요."

뒤에서 들리는 검붉은 목소리가 로사의 얼굴 앞
까지 퍼져 나왔다. 로사는 거미줄이라도 떼어 내듯 손
사래를 치다가 돌아서서 물었다.

"이홍준 목사님 맞으시죠?"

그는 고개를 끄덕이며 미소를 지었다. 교회를 나
온 로사는 시우에게 문자를 보냈다.

이홍준 목사. 분명히 범인과 관련 있어요. 목소리가 검은
색이에요.

그는 살인자와 공범이다. 매우 친절한 얼굴을 한,
상냥한 미소를 가진 살인자이다.

10

로사는 예상보다 더 빨리 홍준과 재회했다. '빛나는 영적 로드 따라가기' 수련회 강사로 홍준이 온 것이다. 수련회는 충청도의 한 농장에서 진행됐다. 허재우의 수목장을 지낸 곳에서 자동차로 20분 정도 거리, 근처 시내에서는 10분쯤 떨어진 위치였다. 꽃과 허브를 같이 재배하는 곳으로, 빛나는 교회의 집사 부부가 4년 전쯤 문을 닫은 작은 초등학교 부지를 사들여서 만들었다고 했다.

로사와 선영, 희진은 교회에서 준비한 승합차를 타고 왔다. 자차로 오는 사람들도 있었다. 선영은 자기가 대학청년부 성인 지원팀이라는 이야기를 아주 자랑스럽게 했다. 로사는 '연서가 힘든데 이렇게 나와 있어도 되냐.'라고 하고 싶은 걸 겨우 참았다. 선영은 연서가 집안에 안 좋은 영향을 끼친다고 믿고 있다. 그런 사람에게 괜한 이야기를 해서 지금 분위기를 망칠 필요는 없을 것 같았다. 선영은 로사가 왼쪽 손목에 차고 있던 보호대를 보더니 반주를 부탁하려 했는데 못 하겠다며 아쉬워했다. 로사는 속으로 자신의 선견지명을 칭찬하며 안도의 한숨을 내쉬었다.

식사를 한 후에 배정받은 방으로 올라가서 가방을 놓고 내려오니 새 신자팀 리더들이 사람들을 학교 강당 건물로 안내했다. 전에 교회에서 보았던 사진 속 허재우가 있던 강당이 이곳이었다. 교회의 큰 모임은 주로 여기서 하는 모양이었다. 강당에는 사람들이 반도 차지 않았지만 '빛나는 영적 로드 따라가기'라는 현수막은 단상 위를 꽉 채울 만큼 거대했다.

찬양이 끝나자 이홍준 목사가 단상 위로 올라왔다. 그는 대학청년부 담당인 변태연 목사가 안식 휴가여서 자기가 직접 왔다는 설명을 한 후에 짧게 기도를 하고 설교를 시작했다. 로사는 예배 시간에는 계속 귀마개를 하고 있기로 했다. 어차피 이후에 그룹별로 목사와 함께하는 시간이 있기도 했고, 지금은 대부분 목사만 말을 하기 때문에 굳이 귀마개를 빼지 않아도 될 것 같았다. 그 대신 사람들의 표정을 관찰했다. 로사의 오른쪽에 앉은 선영은 목을 빼고 오로지 홍준에게만 집중하고 있었다. 그 옆에 앉은 희진은 두 손을 꼭 모으고 추임새를 넣듯이 작게 "아멘, 아멘." 하고 중얼거렸다. 대부분이 홍준을 향해 고개를 치켜들고 그를 바라보는 광경에 기분이 묘해졌다. 마치 신을 우러러보는 사람들이 그려진 성화의 한 장면 같았다.

홍준이 로사에게 시선을 맞추더니 그녀를 뚫어져라 쳐다보았다. 로사 역시 모든 걸 자신의 발치에 두고 내려다보는 듯한, 바람직하지 않은 그의 눈빛을 가만히 마주했다. 그의 입에서는 "이제 여러분이 세상을 이기기 위해 깨끗해질 시간입니다."라는 말이 흘러나오고 있었다. 그렇게 예배가 끝이 났다. 줄곧 이홍준 목사만 좇고 있던 로사는 희진이 어깨를 툭툭 치는 바람에 정신이 들었다.

"저희 저쪽으로 가서 모임 할게요."

언제나처럼 온화한 표정의 희진이 오른쪽 사선 방향을 가리켰다. 의자 다섯 개를 둥그렇게 모아 놓은 모임 자리는 강당 중앙과 네 귀퉁이에 하나씩, 총 다섯 이었다. 모임별로 한 자리는 새 신자 리더가 차지할 테니 이번 수련회에 참석한 새 신자들이 스무 명이라는 뜻이다. 같이 온 기존 교인들도 스무 명 정도이니, 거의 쉰 명이 이 자리에 있는 셈이다. 이홍준 목사는 성인 지원팀과 같이 차례대로 그룹을 돌며 이야기를 나눴다. 목사와 지원팀이 희진의 그룹에 오자 로사는 슬그머니 귀마개를 뺐다.

"반갑습니다, 여러분. 저희가 3월부터 지난 주일까지 새로 오신 분들과 함께 수련회를 진행했는데요, 다들 어떠셨어요."

일부는 진심으로, 일부는 빈말로 "좋았어요."라고 답했다. 로사는 말없이 모두를 지켜보았다. 선영이 목사의 어깨에 살짝 손을 대며 로사를 가리켰다.

"목사님, 제가 주일에 말씀드린 교회 학교 챔버팀 지도 선생님이요. 제가 인도했어요."

그녀의 분홍색 목소리가 사람들을 가렸다.

"자매님, 이렇게 또 금방 만나네요. 아마 우리 영적 코드가 맞나 봅니다."

홍준은 웃으며 말했지만 로사를 보는 눈에는 냉

기가 감돌았다. 로사는 그의 가짜 웃음도, 빨간색 목소리도 놀랍지 않았다. 그는 자신의 부드러운 외모와 카리스마로 사람들을 속이고 있었다.

"앞으로 무슨 일을 하든지 다 잘될 겁니다. 저희하고 같이 이 세상을 하나님 앞에 바칠 수 있게 순결하고 깨끗한 곳으로 만듭시다. 자매님도 세상을 깨끗하게 하는 데 열심히 힘써 주세요. 하나님이 모든 걸 다 책임져 주시고 잘되게 하실 겁니다."

그의 말에 "아멘!"하고 대답한 것은 로사가 아닌 선영이었다. 하얀색과 분홍색이 서로 엉켜 선영의 얼굴 위를 덮었다.

"세상의 순결까진 너무 거창하고 그냥 거짓말 안 하고, 남을 속이지나 않고 살았으면 좋겠어요."

그 순간 다들 입을 다물고 로사를 바라보았다. 특히 홍준과 선영의 얼굴은 잔뜩 굳어 있었다.

"그렇게 말씀해 주시면 이해가 더 쉬울 거 같다는 뜻이에요."

"…네에. 참고할게요, 자매님."

홍준은 어느새 굳은 표정을 수습하고 적갈색과 검은색이 섞인 목소리로 답하며 미소를 지었다. 그때

두 남자가 강당을 나가고 있었다. 그들의 옆모습을 무심히 보던 로사는 "그래, 이따가 기도해야지."라는 목소리에 자기도 모르게 자리에서 벌떡 일어났다.

순식간에 로사의 눈앞에 장지에서 젊은 사람들이 무리 지어 승합차로 가던 장면이 펼쳐졌다.

'근데 연서가 재우 저렇게 했다는 거, 사실 아니겠지? 헛소문이겠지?'

그렇게 시작했던 악의의 검은색 목소리. 그 목소리다. 로사는 자기도 모르게 그 남자를 따라 움직였다. 남자는 강당을 나가기 전 힐끔 로사를 돌아보았다. 조금 하얀 얼굴에 큰 코. 오른쪽 귀로 이어지는 턱선에 상처가 눈에 띄었다.

"자매님?"

희진이 몇 번이고 로사의 옷자락을 흔들고 나서야 로사는 정신이 돌아왔다. 그녀 앞에 펼쳐졌던 장면이 싹 걷히고 강당 안이 눈에 들어왔다. 그제야 로사는 모두가 자기를 어리둥절하게 쳐다보고 있다는 걸 깨달았다.

"그게… 화장실… 어디예요?"

로사가 붉은색 목소리로 묻자 그제야 다들 긴장

을 풀며 웃었다. 희진은 자기가 데려다주겠다며 앞장 섰다. 남자는 이미 어디론가 가 버리고 없었다. 별수 없이 희진을 따라 나가던 로사는 시선을 느끼고 뒤를 돌아보았다. 차가운 표정으로 자기를 보고 있던 홍준이 순식간에 얼굴 가득 사람 좋은 미소를 만들었다. 로사는 굳은 얼굴로 덤덤히 그를 보다가 고개를 돌렸다.

* * *

그 시간 시우는 혼자 앉아서 수첩의 빈 페이지를 펼쳐 놓고 있었다. 규석과 선영은 교회에서 관계가 불편한 사람은 아무도 없다고 했다. 경찰을 '세상 권세'라고 표현한 목사의 이름만 얻을 수 있었다. 시우는 볼펜을 들어 수첩에 이름을 적었다.

이홍준.

장례식장에서 과하다 싶을 정도로 규석과 선영이 고개를 조아렸던 그 목사다. 로사는 이홍준이 범인과 관련 있다고 했다. 시우는 이홍준의 이름 아래로 '경찰을 만나지 마라. 왜? …들킬까 봐…. 무엇을? 살인?'이라고 쭉 적어 나갔다. 이 목사를 파 보면 로사가 장지에서 들었다는 그 '검은' 목소리의 남자도 찾을 수 있을지 모른다. 그때 과수대 양 순경에게서 전화가 왔다.

"피해자 옷의 혈흔들을 다시 살펴봤는데, 셔츠 칼라 안쪽에 말라붙은 혈액이 있더라고요. 검사를 해 봤더니 피해자 혈흔이 아니었어요. 조류, 비둘기 피였어요."

그 말을 듣는 순간 시우는 소름이 끼쳤다. 벽에 걸린 하얀 새 모형. 프로필 사진 속 하얀 새 모형. 비둘기 피. M. A. 그리고 이홍준 목사. 시우는 클립을 하나씩 모아 연결하는 기분이었다. 그는 인터넷 창을 열고 빛나는 교회를 다시 검색했다.

* * *

기도회까지 마치고 10시 반이 넘어 방에 들어온 로사는 바로 손목 보호대를 풀고 침대 옆에 놓인 500밀리리터짜리 생수병을 집어 들었다. 한 시간 반 가까이 아무것도 먹지 못한 채 기도회 구경만 하다 보니 목도 마르고 살짝 허기도 졌다. 페트병 옆에는 귀여운 글씨로 "오늘도 수고 많으셨어요~. 물 한 잔 드시고 푹 주무세요."라고 적힌 쪽지가 놓여 있었다.

수련회 시작할 때 걷어 간 휴대폰은 내일 일정이 끝나면 돌려준다고 했다. 지금이라도 당장 집에 가고 싶었지만 컴컴한 밤길을 헤맬까 두려워 내일 아침까지 기다리기로 했다. 게다가 아직 그 검은 목소리가 누구인지 알아내지 못했다. 승합차를 같이 타고 왔던 사람은 아니었다. 그렇다면 자기 차로 왔다는 건데…. 눈꺼풀이 로사의 의지와 상관없이 자꾸만 내려왔다. 로사는 '내가 정말 많이 피곤했구나….' 생각하며 스르르 잠이 들었다.

새벽 2시경. 로사는 목이 말라 잠에서 깼다. 페트병 물을 다 마시고도 갈증이 가시지 않자, 로사는 조용히 문을 열고 밖으로 나갔다. 복도는 고요하고 캄캄했다. 벽을 더듬어 스위치를 켜니 형광등에 명도가 조금 낮은 불이 들어왔다. 복도에는 정수기가 보이지 않아 1층에 있는 식당까지 내려갔다. 1층 복도와 식당에 부연 형광등이 켜져 있었다. 정수기 물을 받아 마신 로사가 습관적으로 창밖을 내다봤을 때였다. 까만 공간에 하얀 물체들이 움직이는 게 보였다.

'저게 뭐지?'

로사는 본능적으로 커튼 뒤로 몸을 숨기고 밖을 가만히 관찰했다. 대여섯 명쯤 되는 사람들이 하얀 웃옷을 입고 띄엄띄엄 줄을 서서 어디론가 향하고 있었다. 곧이어 맨 앞에 있는 사람이 건물 뒤에 있는 창고로 들어갔다. 그 뒤를 따르던 사람들도 한 명씩 그 안으로 모습을 감췄다.

이 새벽에 저기를 왜 들어가는 거지? 로사는 궁금증을 견디지 못하고 조심조심 문을 열고 나갔다. 건물 밖으로 나오니 주변이 한없이 고요하고 캄캄하기만 했다. 이 숨죽인 풍경 속에서 누군가 자기를 지켜보는 건 아닐까 두려웠지만, 어느새 그녀의 발은 창고를 향하고 있었다. 시간이 지나면서 어둠에 적응한 눈이 사물을 구별하기 시작했다. 저만치 창고가 점점 또렷하게 보였다.

창고 앞에 다다른 로사는 문에 손을 대고 살짝 밀어 보았다. 문은 꼼짝도 하지 않았다. 그녀는 건물을 빙 둘러보며 다른 출입구가 있는지 찾아보았다. 하지만 출입문은 이 문 하나뿐이었다. 안에서 작은 불빛이 새어 나왔다. 로사는 근처에 있는 넓적한 돌을 조심조심 옮겨서 창 밑에 놓고는 그 위로 올라갔다. 어두운 창고 가운데 촛불을 중심으로 사람들이 둥그렇게 서 있었다. 그들은 고개를 숙인 채 기도를 하는가 싶더니, 이내 그중 한 명이 바닥에서 뭔가를 들어 올렸다. 하얀 새, 비둘기였다.

'하얀 비둘기…'

순간적으로 로사의 머릿속에 하얀 새 모형이 떠올랐다. 비둘기를 잡고 있는 사람의 얼굴에 불빛이 일렁거렸다. 옆에 있던 사람이 그에게 단도를 건넸다. 비둘기를 잡고 있던 사람은 단도를 받고서 비둘기 목을 단번에 그어 버렸다.

"헉."

로사는 비명이 새어 나오는 입을 얼른 손으로 틀어막았다. 그녀는 얼른 쪼그리고 앉아서 어둠 속으로 몸을 숨겼다. 심장이 쿵쿵거리고 몸이 떨렸다. 주변은 여전히 조용했고 창고 안에서도 계속 미약한 불빛이 흘러나오고 있었다. 하지만 로사의 머릿속은 칼의 움직임을 따라 튀던 핏방울로 가득했다. 어릴 적 거실에

피범벅이 되어 쓰러져 있던 엄마 아빠와 언니가 떠올랐다. 갑자기 가슴에 압박감이 느껴졌다. 그 압박감은 점점 더 큰 돌덩이로 변해 숨통이 막힐 것만 같았다. 로사는 과호흡에 숨을 헐떡거렸다. 이제는 다 괜찮아진 줄 알았는데. 갑자기 재발한 트라우마로 점점 더 숨쉬기가 괴로웠다. 바닥을 두 손으로 짚고 숙소를 향해 기어가는데, 그녀의 앞을 가로막는 사람이 있었다. 어둠 속에 가려진 그의 손끝에서 로사의 손등으로 끈적한 액체가 뚝뚝 떨어졌다. 핏방울이었다.

"아악!"

로사는 피를 보자마자 소리를 질렀고, 앞에 있던 그 사람은 그녀의 어깨를 붙잡고 진정시키려 애를 썼다.

"자매님! 저예요! 강희진 순장이요!"

하지만 이미 공포에 질린 로사는 그녀를 거칠게 밀어내며 소리를 질렀다. 그 바람에 창고 안에서 사람들이 다급히 나왔다. 예닐곱 명쯤 되는 사람들이 로사를 둘러싸자 그녀를 짓누르던 돌덩이가 바위로 변했다. 로사는 어지러움을 느꼈다. 누군가가 그녀를 등에 업고 급하게 뛰기 시작했다. "방으로 옮겨?"라고 묻는 목소리가 그녀가 찾고 있는 목소리 같아서 제대로 듣고

싶었지만 어지러움에 머리가 웅웅 울려 정신을 차릴
수 없었다.

11

목요일. 아침 7시도 안 된 시간에 시우는 새벽 예배 설교를 마친 홍준을 만났다.

"제가 지난밤에 충청도로 수련회를 갔다가 새벽 4시에 왔거든요. 정말 죄송한데 짧게 부탁드릴게요."

그는 미소 띤 얼굴로 자기 사무실 문을 열었다. 시우는 홍준의 맞은편 소파에 앉자마자 말을 꺼냈다.

"저도 요점만 간단하게, 질문 몇 가지만 하겠습니다. M. A라는 게 정확하게 뭡니까? 미카엘의 군대라고 하죠? 허재우가 M. A였다고 들었습니다."

홍준은 잠시 멍하니 시우를 보았다. 의외였던 모양이다.

"그건 저희 교회 대학청년부 리더 모임입니다. 하나님의 백성을 보호하는 천사의 군대라는 의미죠."

"교회 임원 명칭이라는 건 알겠습니다."

"그러면 뭐 때문에 물어보시는 건데요?"

"교회 임원을 질투할 만한 사람이요. 목사님이 보셨을 때 짐작 가는 사람 없습니까?"

"없습니다. 질투라니, 여기서는 상상도 못 할 일입니다."

"있을 수도 있죠. 사람 속을 다 알지도 못하는데요."

"저희는 정말 없습니다. 어떻게 질투가 난다고 사람을 죽입니까."

"죽일 수 있습니다. 그게 사람이니까요."

"우리 교회는 그런 악한 사람은 없습니다."

"그걸 어떻게 장담하십니까? 이 교회 사람들을 다 그렇게 잘 아십니까?"

그 순간 홍준은 험악하게 굳었다가 이내 다시 미소를 지었다.

"형사님은 우리 교회를 잘 모르시니까 그렇게 말씀하실 수도 있죠. 저는 더 이상 드릴 말씀이 없습니다. 혹시 궁금한 게 더 있으면 대학청년부 담당 목사에게…."

"네, 잘 몰라서 여쭤보는데요. 이 교회는 왜 십자가보다 하얀 새 모형이 더 많습니까? 목사님 사무실도 그렇고요."

"하얀 비둘기는 기독교에서 아주 좋은 상징입니다. 그걸 사용하는 건 자유예요."

"십자가보다 더요…. 다른 교회는 이 정도는 아닌 것 같던데요."

"형사님이 무슨 얘기를 하고 싶으신 건지 모르겠지만 저, 다음 주에 '새로운 목회자' 상 받습니다. 굳이 이런 얘기를 드리는 건, 저나 우리 교회가 이상하다고 생각하시는 거 같아서요. 자, 이제는 제가 정말 시간이 없어서요…."

"그럼, 왜 허재우 부모님께 경찰을 만나지 말라고 하셨습니까?"

자리에서 일어나 사무실 문을 열고 나가려던 홍준이 흠칫했다. 그는 더 이상 웃지 않았다.

"그게 무슨 문제가 되나요?"

"이 교회에서 살인 사건이 일어났는데, 피해자 부

모한테 경찰을 만나지 말라고 했으니까요. 경찰을 만나면 곤란한 게 누구일까요."

홍준은 싸늘하게 시우를 노려보았다. 속으로 뭔가를 애써 억누르는 느낌이었다. 좀 전까지 보여 줬던 부드러운 모습과는 전혀 딴판이었다.

"아마 뭔가 오해가 있었나 봅니다. 저는 목사로서 세상보다 하나님을 의지하라는 뜻에서 드린 말씀이었습니다."

"경찰을 피하라는 건 아니었다는 거죠."

"…오해입니다."

"알겠습니다. 그리고 M. A 명단이 필요합니다. 지금 주시겠습니까?"

"영장, 있으신가요?

"영장까지 필요한 사안은 아닌…."

"개인 정본데…. 요즘 다들 민감하잖아요."

그렇게 나오시겠다. 시우는 알겠다고 하며 자리에서 일어나 그의 앞을 지나갔다. 그때 홍준이 그를 불러 세웠다.

"지하 1층 앞에 쳐 놓은 폴리스 라인은 이제 치워 주시죠. 성도님들이 불편해하셔서요."

"아직 수사가 다 끝난 게 아니라서요. 범인 검거하면 그때 풀어 드리겠습니다."

시우는 살짝 고개를 숙인 후 자리를 떠났다. 목사실 복도를 나갈 때까지 그의 뒤통수에 꽂히는 홍준의 팽팽한 눈빛이 느껴졌다.

* * *

선주로 오는 승합차 안에는 싸늘한 공기가 감돌았다. 맨 뒷자리 가운데에 앉은 로사는 문 바로 옆자리에 앉은 선영과 그 반대쪽 끝자리에 앉은 희진을 가만히 지켜보았다. 둘은 각자 창밖을 내다보고 있었다.

지난밤, 로사는 한 남자의 등에 업혀서 희진과 함께 방으로 돌아왔다. 얼핏 들은 그의 목소리가 검은 목소리의 주인 같았다. 로사가 그를 붙잡으려 했지만 희진이 그녀에게 물을 건네는 동안 남자는 방에서 나가 버렸다. 희진에게 그 남자가 누구인지 물어보려는데, 선영이 들어와서 계속 왔다 갔다 하며 기도를 중얼거리는 바람에 자꾸 타이밍을 놓쳤다. 로사는 짜증이 치밀었지만 냉정을 찾으려 애썼다. 과호흡이 올 정도로 많이 놀랐지만, 그래도 정신을 잘 붙들어야 했다. 자칫 잘못해 자기를 선생이라고 소개했던 연서가 곤란해지면 안 된다. 기도를 마친 선영이 호들갑을 떨며 침대에 걸터앉았다.

"선생님. 이 밤에 이게 웬 소란이에요. 아니, 정결회를 가고 싶었으면 말을 하시지…. 그럼 다 설명했을 텐데."

"사람들이 줄지어서 가는 게 보이길래 따라간 거예요. 그게 뭔지는 몰랐고요."

로사는 저도 모르게 짜증스레 말했다. 이 소란이 다 로사 탓이라는 듯 말하는 선영의 태도가 불쾌하게 느껴졌다.

"남들이 가는 데는 다 그냥 따라가요? 어린애도 아니고. 이래서 정결회는 새 신자들한테 말 안 하는 거예요. 어느 정도 신앙이 들어가야 자연스럽게 받아들이거든요. 영적 코드도 이제 맞추기 시작했는데…."

"그 영적 코드라는 게 뭔데요? 무슨 음악처럼 G코드, A코드, 그런 거예요?"

"선생님, 이건 선생님이 화낼 일이 아니라…."

"저는 그런 뜬구름 잡는 이야기 때문에 이러는 게 아니에요. 제가 본 거. 그… 비둘기…."

로사는 제 눈으로 직접 봤음에도 누군가가 칼로 비둘기를 죽였다는 말이 쉽게 나오지 않았다.

"그거 동물 학대예요. 종교 단체에서 그러면 안 되죠."

"이건요, 우리가 구약 시대에 제사 드렸던 것처럼 지금 이 시대의 정결함을 위해서 드리는 의식이라고요. 아무리 뭘 몰라도 그런 식으로 말하면 안 되죠."

"네. 저 모르는 거 맞는데요, 그렇다고 동물을 그런 식으로 죽이는 게 틀렸다는 건 알아요. 이상하다는 생각은 한 번도 안 해 보셨어요?"

"아니요. 우린 믿음의 사람들이니까요. 선생님은 그래서, 우리 교회를 나가겠다는 거예요?"

적대감과 분노로 가득 찬 선영의 목소리가 적갈색과 주황색이 되어 온 방을 뒤덮었다. 로사는 쉽게 대답할 수 없었다. 아직 그 검은 목소리의 남자를 찾지 못했다.

"이제 그만 다 나가 주세요."

로사는 당장 이 사람들과 떨어져 있고 싶었다. 희

진은 로사가 느꼈을 심정을 진심으로 이해한다며 잘 자라는 인사를 남기고 먼저 방을 나갔다. 로사가 선영에게 눈치를 주자 그녀도 어쩔 수 없다는 듯 침대에서 일어났다.

"그런데요, 선생님. 손목 다 나으셨나 봐요?"

아차. 잊고 있었다. 로사는 얼른 왼쪽 손목을 오른손으로 감싸 보았지만 이미 늦었다.

"앞으로 반주가 하기 싫으면 그냥 싫다고 하세요."

선영은 노란색에 검은 점들이 돌아다니는 불신의 목소리에 휩싸인 채 로사의 방을 나갔다.

로사가 선영과 희진을 계속 관찰하는 동안, 차에 탄 다른 세 사람도 말이 없었다. 희진은 밖을 보다가 기도하기를 반복했다. 선영은 딱 한 번 로사를 돌아보았다. 무시에 가까운 표정이었다. 그녀는 이제 위선적인 웃음마저 보이지 않았다. 밤에 자기를 업고 왔던 남자가 누구냐고 물어보고 싶었지만 얼어붙은 분위기를 깨기가 쉽지 않았다.

교회 주차장에 차가 멈추자마자 로사는 누구보다 먼저 차에서 내려 크게 심호흡했다. 그래도 여전히 속이 뚫리지 않고 답답하기만 했다. 일단은 이곳에서 벗어나고 싶었다. 그렇게 바로 걸음을 옮기는데, 교회 본관에서 시우가 걸어 나왔다.

"어!"

로사는 시우를 보자마자 자기도 모르게 소리를 냈다. 시우는 멍찐 표정으로 승합차와 그녀를 번갈아 보았다. 차에서 내린 선영이 로사의 뒷모습을 싸늘하게 쳐다보고 있었다.

그날 점심 무렵, 로사는 강력 3팀 회의실에서 시우를 만나 수련회에서 있었던 일을 이야기했다. 시우는 내용과 상관없이 로사를 질타했다.

"내가 멋대로 행동하지 말고 무슨 일 있으면 꼭 알리라고 했어요, 안 했어요. 수련회요? 안로사 씨가 진짜 언더커버라도 되는 줄 착각하나 본데, 수사가 장난입니까?"

"교회 등록했다고 말했잖아요. 안 들키게 조심한다고 했고요. 수련회는 교회에서 가는 거니까 그래서 말 안 했죠."

"만에 하나 몰라요? 만에 하나! 제가 알고 있어야 무슨 일이 생기면 대처를 하죠!"

"아무 일 없이 잘 갔다 왔잖아요!"

"아니, 이게 어떻게 아무 일 없는 거예요? 창고에서 비둘기 죽이는 거 엿보다가 들켰는데?"

시우의 말이 옳다. 수련회 가는 걸 이야기하지 않은 건 자신의 실수였다. 그런데도 시우가 너무 날카롭게 몰아붙이니 순순히 인정하고 싶지 않았다. 아무 말 없이 가만히 앉아 있자 시우가 허리에 두 손을 얹고 물었다.

"허연서가 허재우를 죽이지 않았을 거라고 했죠. 그건 확신할 수 있어요?"

"네. 확신해요. 만약에 무슨 일을 저질렀다고 해도 절대 개 의지가 아니에요. 그 교회가 이상해요! 이홍준 목사요! 형사님도 저처럼 생각하니까 교회 갔던 거 아니에요?"

로사는 시우의 눈빛을 맞받아치며 강하게 주장했다. 그러자 시우가 한발 물러섰다.

"아무튼, 앞으로도 이러면 저 책임 안 집니다. 알아서 하세요!"

시우는 문을 거칠게 열어젖히고 자기 자리로 돌아갔다. 로사는 한숨을 폭 쉬며 자리에서 일어났다.

"하아, 내가 고딩 때도 이렇게 안 혼나 봤다, 진짜…."

로사는 혼잣말로 구시렁대며 나가다 괜히 울컥했다. 너무 혼이 나니 반발심이 생긴 것이다. 로사는 발길을 돌려 책상 앞에 앉아서 씩씩대는 시우의 얼굴 앞으로 통밀빵 샌드위치가 든 비닐 봉투를 툭 떨어뜨렸다. 이따가 연서를 만나기 전에 간단히 먹고 가려고 사 둔 것이었다.

"저 이따 4시에 연서 만나기로 했어요. 형사님하고 같이 와도 된다고 했으니까 오고 싶으면 오시든지요."

로사는 곱지 않은 시선으로 자신을 바라보는 시우에게 시큰둥한 표정을 지어 보이고는 성큼성큼 강력팀을 걸어 나갔다.

12

로사가 연서를 만나기로 한 곳은 연서가 영어 학원 가는 길에 있는 아이스크림 가게였다. 넓은 가게에 포장 손님이 대부분이라 구석에서 이야기하기 좋을 것 같았다. 로사가 먼저 도착했고, 5분 정도 지나자 연서가 들어왔다. 시우가 안 올지도 모른단 생각에 로사가 곧바로 연서에게 파일을 건네려는 순간, 시우가 가게로 들어섰다. 그러곤 아무렇지 않게 로사의 옆자리에 앉더니 묻지도 않은 말을 툭 내뱉었다.

"수사 때문에 온 거예요."

"알아요."

시우의 괜한 사족에 로사는 당연한 말을 한다는

듯 뚱하게 대꾸하고는 연서에게 다정히 웃어 보였다.

"형사 아저씨가 뭐 물어봐도 괜찮지?"

"네."

연서가 마른 목소리로 대답했다. 시우는 기다렸다는 듯 질문했다.

"학생 가족이 빛나는 교회에 다닌 지는 얼마나 됐어?"

"3년쯤 됐을걸요."

"이홍준 목사님을 만난 게 3년 됐다는 거네?"

"아뇨. 엄마는 아빠하고 결혼하기 전부터 이홍준 목사님 계시던 교회에 다녔어요."

"거기가 어딘데."

"충청도에 있는 작은 마음 교회요. 그러다가 이홍준 목사님이 자기 있는 데로 오라고 하셨대요. 그래서 다 옮긴 거예요."

3년 전. 갑자기 빛나는 교회의 교인 이동이 많아진 시점이다. 전체 교인 수는 늘었지만 기존 교인들은 나가기 시작한 시기와 일치한다.

"그럼 충청도에 살다가 이사 온 거야?"

"서울이요. 엄마랑 오빠가 충청도에 살다 아빠랑

재혼하고 서울로 와서 저랑 아빠까지 충청도로 교회 다녔어요."

"그럼 이사는 서울에서 여기로 한 거구나."

"네…. 근데, 저도 말하고 싶은 게 있는데요."

"말해 봐."

시우의 말투에 조급함이 묻어나자 연서는 조금 망설였다.

"이게 아무것도 아닐 수도 있는데 자꾸 마음에 걸려서요."

"뭐든 괜찮으니까 편하게 얘기해."

로사가 격려하자 연서는 고개를 끄덕였다.

"오빠가 그렇게 되기 전 일인데요, 다음 학기에 복학하기로 한 걸 포기하더라고요. 교회에서 가지 말라고 했대요. 엄마, 아빠도 올 한 해는 교회 일만 하라고 하긴 했어요. 오빠야 워낙 말을 잘 들으니까 그렇게 할 줄 알았어요. 근데 제가 좀 놀렸어요."

"뭐라고?"

"솔직히 우리 교회 안 다니는 애들은 이런 거 이해 못 한다고요. 전에는 제가 어리광 부리느라 그런 말 하면 오빠가 우리는 세상 사람들과 다르다며 절 달랬는데, 그날은 달랐어요.”

“어떻게 달랐어?”

“…만약 우리가 알던 세상이 진짜가 아니라면 넌 어떡할 거냐고요.”

“그래서 뭐라고 했어?”

시우가 로사와 연서의 대화에 끼어들었다.

“그럼 진짜를 찾을 거라고 했어요. 생각해 보니까 그러고 나서 저한테 꼭 갖고 다니라며 캠핑용 칼도 주고… 좀 이상했어요. 뭔가 되게 힘들어 보이고, 고민도 많은 거 같았어요.”

“오빠가 캠핑용 칼을 줬어?”

로사가 묻자 연서는 고개를 끄덕였다. 시우와 로사는 무심코 서로를 보았다. 사건 당일 이용태가 작은 칼을 들고 지하로 내려가는 연서를 봤다고 했다. 바로 허재우가 준 캠핑용 칼로 추정된다.

“지난주 수요일에 오빠하고 지하 3층에 왜 갔어? 그 칼 갖고 갔잖아.”

시우의 질문에 연서는 도로 표정이 어두워졌다.

“기억 안 나요. 진짜예요. 저 기억나면 난다고 말할 거예요.”

하얀색에 파란색이 묻어나는 목소리였다. 두려움을 동반한 진실. 로사가 시우에게 거짓이 아니라는 신호로 고개를 끄덕였다.

"저기, 제가 이상한 게 아니고…. 우리 집이 너무 빡빡한 걸 수도 있죠?"

연서의 엉뚱한 질문에 로사는 그만 멍해지고 말았다. 시우도 무슨 말을 해야 좋을지 모르는 눈치였다. 로사는 진지한 얼굴로 연서를 똑바로 마주했다.

"연서야, 너 안 이상해. 정말이야."

"그럼… 오빠가 저 때문에 그런 벌을 받은 거 아니죠?"

"아니야. 그래서 너 때문이라고 했던 거야?"

연서는 고개를 끄덕였다.

"지금까지 연서가 믿었던 건 나쁜 꿈 같은 거야. 그러니까 이제 그만 깨야지."

그때였다. 선영이 문을 열고 성큼성큼 그들에게 다가왔다. 로사는 반사적으로 자리에서 일어나 연서를 몸으로 가렸다. 옆을 보니 시우도 그녀 옆에 나란히 서서 연서를 가리고 있었다. 선영은 연서를 몰래 따라온 것 같았다. 선영이 다짜고짜 로사에게 삿대질을 했다.

"너 뭐야? 왜 형사랑 같이 있어? 애랑은 무슨 얘기 했어?"

이제 와서 변명을 한다고 통할 것 같지 않았다. 사실대로 말하는 게 낫다. 하지만 연서가 걱정됐다.

"어떻게 된 거냐고 묻잖아? 너 정체가 뭐냐고!"

선영의 표정이 사나워지고 입 모양과 몸동작이 커졌다.

"저, 선주 서부 경찰서 자문위원이에요. 연서는 모르는 일이니까 뭐라고 하지 마세요."

선영은 눈이 커지더니 바로 로사의 멱살을 잡아당겼다. 놀란 연서가 자리에서 일어나려 하자, 시우가 가만히 어깨를 눌러 도로 앉혔다. 로사는 당황하지 않고 담담하게 말했다.

"교회는 허재우를 죽인 범인으로 의심되는 사람이 있어서 찾으러 들어간 거예요. 의도치 않게 피아노 선생이라고 속였던 건 죄송하게 됐습니다."

"…야!"

선영은 침착하다 못해 냉정한 로사의 반응에 결국 악을 쓰며 소리쳤다.

선영은 경찰 서장실을 찾아가서 언성을 높여 따졌다. 다들 가만두지 않겠다며 씩씩대던 그녀는 학교에 있던 규석까지 호출했다. 한 시간쯤 지나 규석이 오고, 또 규석이 홍준까지 불러들여 서장실은 한바탕 난리가 났다. 선영이 앞장서 서장에게 따졌다.

"아니, 어떻게 이렇게 사람을 속일 수가 있어요? 피아노 전공도 아니고 뭐? 심리 연구원? 경찰은 이런 걸 알고도 가만있어요? 이러니 사람들이 경찰을 믿겠어요?"

시우가 선영의 앞으로 나섰다.

"수사의 일환이었습니다. 담당 형사인 제가 감독했고요. 교회 측이 저희한테 협조적이었다면 이런 일도 없었을 겁니다."

"지금 잘했다는 겁니까?"

규석도 못 참겠다는 듯 끼어들었다.

"잘잘못을 가리기보다 지금은 범인을 잡는 일이 중요한 거 같은데요. 윤형식 군은 사건 당일 집에 있었다는데, 다른 친구 모르십니까?"

"다 큰 애들 친구 문제까지 부모가 어떻게 압니까?"

"생활 패턴도 복학 문제도 다 간섭하시는데 친구는 모르신다고요."

"지금 저희 심문하시는 거예요?"

선영의 성난 목소리가 다시 울렸다. 그러자 박대우 서장이 그녀의 팔을 잡고 진정시켰다.

"먼저, 이번 수사에 자문위원인 안로사 씨를 모신 건 서장인 접니다. 이게 절도나 단순 침입 같은 게 아니고 아드님을 잃은 살인 사건 아닙니까. 안로사 씨가 범인 심리 분석 능력이 아주 탁월합니다. 그런데 저희 강력 3팀이 얼른 범인을 잡겠다고 의욕이 좀 넘쳤던 것 같습니다. 수사 과정에서 피해를 입거나 손해를 보신 게 있다면 정식으로 접수해 주십시오. 제가 다 들여다보겠습니다."

박대우 서장의 말에 말문이 막힌 선영과 규석은 두고 보자며 서장실 문을 거의 때려 부술 듯 닫고 나갔다. 그들이 나간 후 홍준은 먼저 서장에게 깍듯이 고개를 숙인 후 로사 앞으로 다가왔다.

"자매님, 아니지, 안로사 씨? 큰 실수 하신 겁니다. 하나님이 사랑하는 백성들한테 이러면 큰 벌 받아요. 그렇게 사람이 거짓에 더럽혀져서 살면 안 되는 겁니다.”

"하나님은 허재우를 죽인 범인을 벌하시겠죠. 사이비가 아니고 진짜라면요.”

웃음기가 사라진 홍준의 눈에 묘한 광기가 돌았다. 그는 오른손을 계속 쥐었다 폈다 반복했다.

"그래요. 주님이 누구 편이신지 한번 지켜보세요.”

"그분이 누구 편이시든 찾아낼 거예요. 범인이요.”

로사의 뼈 있는 한마디에 홍준의 표정이 험악하게 일그러졌다.

* * *

다음 날인 금요일, 선주시 서부 경찰서로 정식 민원이 접수됐다. 형사와 자문위원이 살인 사건 피해자 가족을 괴롭혔다는 내용이었다. 그와 거의 동시에 로사는 문자 폭탄을 받기 시작했다. 전부 모르는 번호들로, 피해자 가족을 속였다는 비난이었다. "하나님의 심판이 기다리고 있다.”, "회개하지 않으면 천사가 지켜주지 않는다.”, "곧 벌을 받게 될 거다.”와 같은 문구로

도배되어 있었다. 선영이 교회 사람들에게 알린 모양이었다. 그들의 이상한 분노와 사명감은 교인들에게 급속도로 퍼졌다. 그들이 모두 합심하여 로사에게 정의의 철퇴를 내리고 있었다. 그렇게 꼬박 하루가 지나고 다음 날인 토요일이 되었는데도 문자가 끊이지 않았다. 연구소 게시판에도 로사를 비난하는 글이 계속 올라왔다. 심리 연구원이 한 가정을 파괴할 뻔했다며 당장 잘라 버리라는 내용이었다.

강력 3팀 역시 마찬가지였다. 시우는 계속 걸려 오는 항의 전화를 받느라 아무 일도 하지 못했다. 다른 팀원들에게 피해를 주지 않겠다며 자신이 다 받다 보니 어느덧 오후가 됐다. 더는 안 되겠다 싶어서 항의 전화는 바로 끊어 버렸더니 점점 전화 오는 횟수가 줄었다. 시우는 4시가 넘어서야 냉장고에 넣어 뒀던 샌드위치를 꺼냈다. 전날 로사가 던져 준 그 샌드위치였다. 무슨 맛인지도 모르고 꾸역꾸역 먹고 있는데 박대우 서장이 들어와 은근 슬쩍 옆에 앉았다.

"언제는 로사한테 알아서 하라고 하더니 아까는 또 지 책임이라고 하고."

"그래야지 어떡합니까. 그러게 왜 경찰 흉내를 내

서 이 사달을 만드냐고요.”

“로사 걔가, 살인 사건 피해자야. 지금도 이렇게 말하면 걔는 싫어할지도 모르지만, 남 일 같지 않은 마음이 조금은 있었겠지.”

시우는 순간 멍해져 씹는 것도 잊은 채 대우를 보았다. 그래서 그렇게 열심이었나.

“그건 그렇고, 아까 그 어머니가 자기네 교회에 경찰청 높은 사람 있다고 겁을 주더라고. 보니까 나랑 동기고 지금 서울 북부에 있는 친군데, 연락해 보니까 그 친구가 교회 옮긴 지 좀 됐대. 교회에서 아주 못 옮기게 너무 극성을 부려서 이사도 두 번이나 했대. 완전 질렸다더라. 이건 그 친구한테 얻은 정보. 잘해 봐.”

거기까지 말한 대우는 시우에게 쪽지를 건네고 사무실을 나갔다.

‘이홍준. 미국 북동부 바턴(barton) 신학 대학 졸업. 제주도의 예수교 장로회 교회에서 첫 부목사 생활’

시우는 이내 샌드위치를 옆으로 치우고 바턴 신학 대학을 검색하기 시작했다.

로사는 하루 종일 항의 문자와 전화에 시달렸다.

집에서 쉬어도 쉬는 게 아니었다. 그래도 휴대폰을 꺼 놓을 수 없었다. 시우나 연서가 연락할 수도 있으니까. 끊임없이 오는 악성 문자들을 기계적으로 차단하던 로사는 '강희진'의 문자에서 멈췄다.

자매님, 저 강희진이에요. 자매님 얘기 여기저기서 들었는데 무슨 사정이 있을 거라고 생각해요. 혹시라도 도움이 필요하면 연락 주세요.

이때다 싶어 로사는 얼른 문자를 보냈다.

그럼 수련회에서 저 업고 방에 왔던 분이 누군지 알려 주세요.

만나서 얘기할까요.

만나도 될까. 희진은 선영처럼 대놓고 로사에게 적의를 보이지는 않았지만 그래도 홍준에 대한 신뢰가 아주 강해 보였다. 어쩌면 다른 의도가 있는 건지도 모른다. 만나도 괜찮을지 잠시 고민한 로사는 이내 결론을 내렸다.

시간하고 장소 알려 주세요.

13

로사는 희진의 투룸 현관에 서서 희진과 마주했다. 작은 거실 소파 앞에 서 있는 그녀의 표정이 전과 달리 굳어 있었다. 딱 집어서 표현할 수 없지만 집 안 공기가 묘했다. 집 자체는 로사의 집보다 아주 조금 작은데 더 넓어 보였다. 연서네 집만큼이나 깔끔하게 정돈된 데다 이렇다 할 장식품도 없어 유난히 휑한 느낌이었다. 커튼 사이로 남보랏빛 하늘이 보였다.

"그렇게 서 있지 말고 들어오세요."

전과는 다르게 흔들리는 목소리. 좁은 거실에 갈색과 남보라색이 뒤엉켰다.

"아니요. 밖에서 얘기하죠."

"밖에서 할 애기가 아닌 거 같아서 그래요."

"그러면 집 앞에서 해요."

로사는 한기가 점점 몸을 감싸는 것을 느꼈다. 1초도 더 이곳에 있고 싶지 않아 먼저 현관문을 열고 밖으로 나가려 할 때였다. 현관 밖에서 누군가가 그녀 앞으로 다가왔다. 로사는 천천히 시선을 들어 그의 얼굴을 보았다. 다소 하얀 피부에 우뚝 솟은 코.

"그 상처…."

"안녕하세요, 자매님."

남자가 왼손으로 자기 오른쪽 턱선을 스윽 만지며 말했다. 그의 입에서 검은색과 적갈색이 퍼져 나와 금세 로사의 시야를 가렸다.

"너 맞구나. 허재우를 죽인 사람."

갑자기 뒤에서 차가운 손이 그녀의 목을 감싸는 동시에 두툼한 천이 코와 입을 확 덮었다.

"어…."

천이 닿은 살갗이 따끔거린다 싶더니 이내 현기증이 일었다.

"자매님, 그러니까 제 말을 들었어야죠."

뒤에서 희진의 적갈색 목소리가 들렸다. 로사는

무거워지는 눈꺼풀을 이기지 못하고 축 늘어졌다.

* * *

시우가 찾은 바에 따르면 바턴 신학 대학은 미국 북동부에 두 곳 있었다. 그중 한 곳은 지금 폐교가 되어 없다. 이단 시비가 크게 일어났기 때문이다. 다른 바턴 신학 대학은 여전히 건재하다. 장로교 계열의 정통 신학 대학으로, 이 대학에서 지금은 폐교된 바턴 신학 대학을 상대로 소송을 진행했다. 이단 종파가 학교의 명예를 더럽히고 교인들을 혼란에 빠뜨렸다는 게 이유였다. 법원은 장로교 정통 바턴 신학 대학의 손을 들어 줬다.

홍준이 둘 중 어디를 나왔는지는 졸업장을 확인하기 전까지 알 수 없었다. 일단 해외 대학 동문 검색 사이트인 링크트인(Linkedin)에서는 이홍준이라는 이름이 나오지 않았다. 하지만 미국에서는 다른 이름을 썼을 수도 있기 때문에 섣불리 판단할 수 없었다. 시우는 바턴 신학 대학에 동문 확인을 요청하는 메일을 보냈다.

그때, 연서가 안내 데스크 직원과 함께 강력팀 사무실로 들어왔다. 의외의 인물 출연에 놀란 시우가 뭐라고 하기도 전에 그녀가 책상 위에 검은색 클리어 파일을 내려놓았다.

"안로사 언니가 문자를 안 봐서요. 급해서 왔어요. 여기… 악보 중간에 뭐가 있어요. 오빠 거 같아서요."

연서의 다급한 말투에도 시우는 차분하게 장갑을 끼고 파일 중간을 펼쳤다. 정중앙 스프링에 붙어 있는 비닐 안에 SD카드가 들어 있었다.

"그리고 저 기억났어요. 그날 거기에 누가 있었는지."

시우가 놀라서 고개를 들었다.

"형식이 오빠요."

* * *

"…주의 진리 위해 용기 다하여 분발하여 싸우

세… 나가세… 나가세….”

행진곡 같은 노랫소리가 시끄럽게 울렸다. 로사는 겨우 눈을 떴다. 부옇게 흐려진 시야로 웅크린 형체가 보였다. 안 그래도 머리가 깨질 듯 아픈데, 쿵쿵대는 반주에 맞춘 전투적인 합창 소리 때문에 정신을 차리기 힘들었다.

“…원수들은 이미 예수의 손에 하나 없이 패하고….”

호전적인 찬송가 가사가 로사의 아픈 머리를 때리는 것 같았다. 천장 구석에 구형 스피커가 달려 있었다.

로사는 몸을 움직여 보려고 했지만 물 먹은 솜처럼 무겁기만 했다. 웅크린 형체 옆에서 다른 형체가 움직였다. 로사는 다시 감기려는 눈을 억지로 깜빡이며 누군지 알아보려고 애를 썼다.

“주여!”

노래가 끝나고 목청이 터질 듯한 남자의 외침과 동시에 사람들이 울부짖기 시작했다. 마치 폭포에서 물줄기가 떨어져 내리는 소리 같았다. 그 뒤를 이어 이번에는 여자가 “주여!” 하고 소리쳤다. 희진이었다. 그녀는 기도를 하다가 “아아악!” 소리 지르기를 반복했다.

로사는 그 소리에 압도될 것만 같았다. 차갑고 축

축한 바닥, 약품 냄새와 정체를 알 수 없는 비릿한 냄새가 섞인 이 기괴한 공간이 점점 공포로 다가왔다. 당장 여기서 도망치고 싶었다. 몸을 몇 번이고 뒤척여 겨우 뒤집은 그녀는 테이블 자세로 엉금엉금 기어가기 시작했다. 로사는 바깥바람이 들어오는 틈을 향해 온 힘을 다해 기어갔다. 어둠에 적응한 눈에 커다란 문이 보였다. 스피커에서는 여전히 물이 쏟아지는 듯한 울부짖음이 흘러나왔다. 저 소리가 멈추기 전에 어서 이곳을 빠져나가야 한다. 그렇게 무거운 몸을 겨우겨우 끌고 문 앞에 도착해 손을 뻗은 순간. 누군가가 로사의 등을 힘껏 밟았다. 로사는 악 소리도 제대로 못 내고 그 자리에 엎어지고 말았다. 묵직한 아픔에 몸이 일으켜지지 않았다.

"하나님의 심판이 이방인에게 임했으니."

형식의 짙은 주황색 목소리가 어둠 속에서 피어올랐다. 로사는 문에 등을 대고 앉아 그를 올려다보았다.

시우는 로사의 휴대폰 위치 추적 결과를 보고 등골이 싸늘해졌다. 어쩐지 안 좋은 예감이 들었다. 지구대에 연락해 지원 요청을 하고 바로 경찰서를 나오는

데 막 집으로 가려던 부사수 송재경과 마주쳤다. 재경의 눈동자가 크게 흔들렸다. 그가 당황해 어버버하는 사이, 시우가 재경에게 차 키를 던졌다.

"따라와!"

"저기, 저는 끝나서….."

"급하니까 오라고!"

시우가 다급히 소리를 지르자 재경은 그제야 후다닥 운전석으로 뛰어왔다.

* * *

"이제 여러분이 일주일간 세상에 살면서 묻혀 온 더러움은 다 씻겨 나갔습니다. 깨끗한 성도 여러분, 여러분이 주님의 새로운 왕국을 만드는 중요한 천사들입니다."

"아멘!"

자기 과대성에 빠져 잔뜩 고양된 사람들의 함성에 귀청이 떨어져 나갈 것 같았다. 그러자 희진이 로사의 두 손을 잡고 무릎을 꿇었다. 형식이 두 손으로 커다란 돌을 들고서 그들 앞에 섰다. 동시에 로사가 과호흡으로 헉헉거리기 시작했다. 아홉 살 때 보았던 사촌오빠 다횐의 실루엣과 형식의 모습이 겹쳐 보였다. 형식이 두려움이 가득한 로사의 눈을 들여다보았다.

"보라 나의 택한 종 곧 내가 마음에 기뻐하는 바나의 사랑하는 자로다…. 내가 내 성령을 주니 그가 심판을 이방에 알게 하리라."

"아멘."

형식이 감정 없는 하얀 목소리로 기도문을 읊자 희진이 분홍과 베이지가 섞인 목소리로 응답했다. 로사의 눈앞에 펼쳐진, 어릴 적 거실에서 가족들이 죽어 있던 끔찍한 장면이 희진의 목소리에 커튼 걷히듯 사라졌다. 이건 과거다. 현재가 아니다. 이미 일어난 과거의 일이다. 나는 지금 여기 있다. 이 남자는 다횐이 아니다.

"여기를 과거라고 믿는 건 마음속 어린아이다…. 나는…."

로사가 희진에게 시선을 돌렸다. 그 순간 다횐이 휘두른 야구 방망이에 맞아서 꿰맸던 자리가 욱신 하고 쑤셨다.

"두 번은 안 당해!"

로사는 있는 힘껏 희진을 밀쳤다. 희진은 넘어지면서도 로사의 손목을 잡고 놔주지 않았다. 결국 둘은 함께 바닥에 넘어져 엎치락뒤치락했다. 희진이 끝까지 손목을 놓지 않자 로사는 그녀의 손목 바깥쪽을 꽉 깨물어 버렸다.

"악!"

희진이 외마디 비명을 지르며 손을 뗐다. 로사는 그때를 놓치지 않고 풀려난 손으로 희진의 명치끝을 마구 때렸다. 결국 희진이 떨어져 나갔다. 문을 더듬어서 문고리를 잡는데, 로사의 무릎에 물컹 하고 닿는 물체가 있었다. 내려다보니 흰 비둘기 사체가 하얀 접시 위에 놓여 있었다. 로사는 온몸을 바르르 떨며 비둘기에서 떨어졌다. 그때 형식이 입을 꽉 다문 채 그녀에게 다가오고 있었다. 그의 공격에 방패막이가 될 만한 것이 주변에 보이지 않았다. 로사는 어쩔 수 없이 죽은 비둘기를 손에 꽉 쥐었다. 비명이 나오려는 걸 가까스로 참았다.

"그거 봐. 너 따위가 더럽힐 수 있는 게 아니야. 성물에서 떨어져."

"이건 죽은 새야."

"하나님께 바치는 제사를 함부로 말하지 마!"

"이건 그냥 동물 학대야!"

형식의 분노한 주황색 목소리 위로 로사의 주황색 목소리가 덧대어졌다. 살아서 나가야 한다. 그녀는 필사적이었다.

"너는 깨끗하고 순결한 하나님의 백성들을 속였어."

"난 수사를 한 거야."

"너는 우리 안에 사탄이 틈탈 자리를 만들었어. 넌 심판받아 마땅해. 재우처럼."

"그런 건 없어. 너희들의 집단 망상일 뿐이야."

"네가 감히 미카엘의 군대를 업신여겨…"

진한 주황색이 그의 얼굴을 가렸다.

"허재우도 미카엘의 군대인데 죽었잖아."

"재우는 욕망에 졌어. 아이들한테 더러운 짓을 한 사진을 내가 봤거든. 그걸 본 목사님이 얼마나 노하셨는지…"

"…이홍준 목사?"

로사가 홍준의 이름을 말하자 형식이 잠시 멈칫

했다. 그 틈을 타서 로사는 비둘기를 냅다 그의 얼굴에 집어던지고 일어났다. 바닥에 쓰러져 있던 희진이 꿈틀거리며 일어나려 했다. 로사가 힘껏 문을 밀었지만 무거운 문은 좀처럼 열리지 않았다. 형식이 그녀의 머리채를 잡았다. 또다시 호흡이 불편해지고, 가까스로 묻어 둔 과거가 자꾸만 로사의 마음을 장악하려 했다.

"아아아악!"

로사는 진저리를 치며 양손으로 머리를 붙잡고 고개를 마구 흔들었다. 형식이 당황했는지 손을 뗐다.

"살인자."

로사가 분에 차서 주황색 목소리를 내뱉었다. 그 순간 분노한 형식이 그녀의 목을 두 손으로 꽉 졸랐다. 로사가 껵껵거리며 있는 힘을 다해서 등으로 문을 밀었다. 그러자 육중한 문이 뒤로 밀리면서 로사와 형식이 그대로 포개진 채 쓰러졌다. 로사가 형식의 얼굴을 밀어내며 자리에서 일어나려고 애를 쓰는데, 그녀의 머리에 누군가의 발이 닿았다. 차가운 광기에 번쩍이는 눈빛이 로사를 내려다보고 있었다. 이홍준이었다.

"아직인가. 예배는 10분 전에 끝났는데."

"죄송합니다, 목사님."

희진이 허리를 구부린 채 두 손으로 배를 부여잡고 나와서 말했다.

"역시, 다 당신이 시킨 일이었구나."

로사가 숨을 헐떡이며 말했다. 로사 위에 올라타고 있던 형식이 그녀의 머리를 바닥으로 짓눌렀다.

"우리는 주님의 명령을 따르는 거고. 너는 사탄의 후손이고."

그의 목소리에 하양과 검정이 섞여 있었다. 어디서부터 거짓이고 무엇이 사실인지 그도 혼동하는 건가. 홍준은 형식과 희진에게 로사를 다시 안으로 끌고 들어가라고 말했다. 형식이 그녀의 어깨를 잡아서 일으키려 하자, 로사가 필사적으로 발길질하며 거부했다. 희진이 달려들어 그녀의 두 발을 꽉 붙들었다.

"놔! 이거 놔!"

로사가 소리를 질러 대자 홍준이 손을 들어 그녀의 얼굴을 철썩 때렸다. 그때였다. 우르르 사람들 발소리가 들리는가 싶더니 시우의 숨찬 목소리가 들렸다.

"이홍준, 윤형식, 강희진. 당신들을 허재우 살인, 허연서 살인 미수 혐의, 그리고 안로사 감금 및 폭행 현행범으로 체포합니다. 변호사를 선임할 수 있고, 자신의 범죄에 대해 변명할 권리가 있습니다. 여러분의 진술은 여러분한테 불리하게 작용할 수 있습니다."

로사가 시우의 소리가 들리는 쪽으로 고개를 돌렸다. 어느새 시우와 다른 형사, 제복 순경들이 그녀 가까이 와 있었다. 시우의 걱정스러운 얼굴이 로사의 머리 위에 드리웠다. 로사는 안도의 한숨을 내쉬었다.

"어떻게 알고 왔어요?"

"안로사 씨 휴대폰 위치가 여기로 나오거든요. 빛나는 교회. 지하 3층일 거라는 감이 바로 왔지."

그는 로사의 어깨를 툭툭 치더니 휴대폰을 꺼내 119를 눌렀다.

14

진술 ① 허연서.

"주일에 오빠가 저한테 수요일 저녁 예배 시간에 교회에서 보자고 했어요. 그러면서 혹시 모르니까 전에 준 캠핑용 칼을 가지고 오라고 했어요. 오빠는 이미 무슨 일이 벌어질지 알고 있었던 거 같아요. 오빠를 따라서 지하로 내려갔는데…. 3층에 가 본 건 처음이었어요. 오빠는 윤형식한테 뭔가 얘기하려 했는데, 그 자식은 듣지도 않고 오빠를…. 저는 칼을 들고 있다가 빼앗겼고, 그다음에 머리를 맞고 기절했어요. 형사님, 저 자식 꼭 사형 받게 해 주세요. 꼭이요."

진술 ② 윤형식.

"겨울 방학 때 재우네 갔는데 책상 위에 전에 못 본 디지털카메라가 있더라고요. 아무 생각 없이 카메라 전원을 켰는데…. 여학생들 사진이 있었어요. 입에 담기도 불쾌한 그런 거요. 나중에 재우가 착한 척하는 얼굴을 보니 구역질이 나서 죽는 줄 알았어요. 이홍준 목사님께 말씀드렸더니 우리 M. A를 더럽힌다고 걱정이 많으셨어요. 저와 희진 자매님을 따로 불러서 셋이서 사흘간 작정 기도를 했고 악을 차단해야 한다는 응답을 받았어요. 목사님은 재우 동생 연서가 세상에 빠졌던 걸 회개하지 않았기 때문에 재우도 물들었다고 했어요. 저희는 우리 공동체를 지켜야 하는 사명이 있어요. 세상의 악이 들어오는 걸 차단하고 그들에게 깨끗한 복음을 전파해야 하니까요. …심정이요? 계속 후회되죠. 그날 내가 완벽하게 임무를 완수했으면 이런 문제는 안 생겼을 테니까요."

진술 ③ 강희진.

"형식 형제님과 목사님께 재우 형제의 문제를 들었을 때 너무너무 끔찍했어요. 우리 안에 그런 더러운

게 자리하고 있을 줄은 몰랐거든요. 저희 셋이 합심해서 기도한 후에 제가 재우 형제에게 수요일에 교회 지하 3층으로 오라는 말을 전했어요. 연서도 같이요. … 잘못이라뇨? 저희는 세상과 달라요. 세상은 인본주의지만 하나님 안에 있는 저희는 신본주의예요. …범죄라고요? 그건 세상이 보는 눈이고요. 저희는 저희 할 일을 했던 것뿐이에요."

진술 ④ 이선영.

"우리 재우가 정말 나쁜 짓을 했다면 그건 연서한테 묻은 세상이 재우에게 옮겨붙어서 그랬을 거예요. 연서는 세상의 피가 많은 악한 애예요. …목사님이 애들을 뭐 어떻게 했다고 그래요? 그런 식으로 영적 지도자를 모함하지 마세요. 우리 목사님 같은 분은 세상에 없어요. 하나님이 이 땅에 보내 주신 그리스도예요. … 뭐가 나왔다고요? 영상이요? 목사님이 애들하고 있었다고요? …재우가 그것 때문에…. 그럴 리가 없어요. 잠깐, 잠깐만요…. 분명 이유가 있었을 거예요. 목사님이 그러셔야만 했던 이유… 있을 거예요…."

증거 ⑧-2 (허재우의 SD카드에 있던 마지막 영상)

"저는 아주 오랫동안 이홍준 목사님을 따랐고, 그 분 말씀에 순종했습니다. 하나님이 보내신 마지막 그리스도라고 믿었으니까요. 하지만 여학생들한테… 손을 대셨는데… 그게 그 아이들을 깨끗하게 만드는 거라고 하셨지만… 자꾸만 뭔가 잘못됐다는 생각이 들었습니다. 목사님이 말씀하셨던 것과 그 행동이요. 연서도 깨끗함을 받아야 된다고 했을 때… 끔찍했어요. 제가 연서가 아닌데도요. 그제야 다른 애들이 얼마나 상처받았을지 조금은 이해가 됐어요. 연서는… 친동생은 아니지만 제 동생이고요. 저는 그 애를 잘 지켜 줘야 한다고 생각했습니다. 그러다가 이런 고민들을 대학에 있는 상담 센터에서 털어놓았고, 6개월 정도 상담을 받으면서 내가 믿고 있는 세상이 잘못된 세상일 수 있다… 그렇게 생각하게 됐습니다. 만약 그게 아니라면 저는 하나님의 심판을 받을 거예요. 지금도 많이 흔들리고 갈등이 됩니다. 목사님의 만행은 세상에서 말하는 범죄입니다. 이게 정말 하나님이 보시기에도 범죄라면 언젠가는 다 밝혀질 거라 믿고, 그때를 위해 남겨 두려고 합니다."

* * *

　이홍준이 이단이라는 사실이 밝혀지자 빛나는 교회뿐 아니라 개신교계 전체가 충격에 빠졌다. 빛나는 교회의 교인들은 혼란스러워했고, 교회는 매일 취재하러 온 언론사에 시달리다 결국 교회 문을 전부 폐쇄해 버렸다. 누구보다 충격을 받은 사람은 담임 목사 심현종이었다. 그는 홍준이 교회를 성장시킨다고 믿었고, 그래서 그에게 모든 걸 맡기려고 했던 것을 뼈저리게 후회했다. 교인이 늘어나고 그가 가는 곳마다 사람들이 몰려다니니 능력이 있겠거니 믿었을 뿐 단 한 번도 의심하지 않았던 것이다. 결국 심현종 목사는 모든 일에 책임을 지고 교회에서 완전히 물러났다. 교회를 맡기려 했던 것도 그렇지만 '새로운 목회자' 상에 직접 그를 추천한 자신을 용서할 수 없었다. 그는 자기가 다시 성직자의 신분으로 살 일은 없을 것이라고 했다. 그러면서 다른 목회자들은 교회의 외적 성장에 한눈팔려서 이단이 교묘하게 진리를 호도하는 것을 놓치지 않길 바란다는 말을 덧붙였다.

　이런 혼란 속에서도 이홍준은 꿋꿋하게 자기는

함정에 빠졌다며 무죄를 주장했다.

"바턴 신학 대학에서 답장이 왔는데요…. 이홍준 씨는 거기 졸업생이 아니라고 확인해 줬습니다. 당신 이 나온 대학은 폐교된 이단 바턴 신학 대학, 맞죠? 당 신이 강조하던 깨끗한 세상, 흰 비둘기, 다 거기서 나온 거라는 증거 찾았어요."

녹화 진술실에서 홍준과 마주 앉은 시우는 바턴 신학 대학에서 받은 흰 비둘기 모형, 비둘기 제사 등의 사진을 홍준 앞에 늘어놓았다. 하지만 그는 더없이 거 룩한 표정으로 담담히 말했다.

"선지자가 자기 고향에서는 외면받는다고 했습니 다. 첫 그리스도였던 예수도 그랬지요."

"정말 그렇게 생각하십니까? 본인이 마지막 그리 스도, 메신저라고?"

"믿지 않으셔도 상관없습니다. 다만, 저는 모든 일 을 하나님의 계시에 따라 했습니다."

"아내분 명의로 된 캐나다 통장으로 헌금을 빼돌 린 것도 계시란 말이죠."

"그건 저에게 개인적으로 들어온 후원금입니다. 아이들하고 있는 아내에게 생활비로 보낸 거고요."

"그게 벌써 12억이 넘는다는 말이죠."

"형사님은 제가 무슨 말을 해도 믿지 않을 거잖습니까. 이미 믿지 않기로 작정하셨잖아요."

"이홍준 씨는 본인이 허언증이나 망상증이 있다, 이런 주장을 하시겠다는 뜻이네요."

"무슨 말씀인지 모르겠네요."

홍준이 말끝에 난처하다는 듯 능글맞은 웃음을 지었다. 시우는 잠깐만 기다려 보라며 밖으로 나갔다가 곧 로사와 함께 들어왔다. 그녀를 보고 싸늘해진 홍준이 빈정거리며 말했다.

"저 여자로 날 자극해서 내가 흥분하길 바란다면 실패하신 겁니다, 형사님."

"그런 거 안 합니다."

시우가 단호하게 말하며 홍준을 보았다. 그는 차가운 분위기로 홍준을 압도했다.

"안로사 자문위원님은 공감각자입니다. 소리를 색으로 보시거든요. 지금부터 이홍준 씨가 하는 말이 사실인지 거짓인지 판단하실 겁니다."

멍한 표정으로 시우와 로사를 번갈아 보던 홍준이 푸하하 웃음을 터트렸다.

"농담도 잘하시네요. 어디서 그런 말도 안 되는 소리를…."

"당신이 마지막 그리스도라는 것보다는 훨씬 말이 되지. 공감각은 실제로 있는 거니까."

로사의 말에 홍준은 목에 핏대를 세웠다.

"감히 내 앞에서 그런 말을…. 그럼, 지금 나는 어떤데. 맞혀 봐."

"그쪽이야말로 저를 시험할 생각 마시고요. 본인이 메시아라고 주장하는 근거가 뭐죠?"

홍준은 금방이라도 길길이 날뛸 것 같은 표정이었지만 용케 잘 참아 내고 있었다. 그는 눈을 가늘게 뜨고 로사를 바라보았다.

"이런 건 근거로 하는 게 아니에요, 세상 사람들. 나는 미국 텍사스 치와와 사막에서 40일간 기도하고 계시를 받았습니다. 분명히 나한테 빛이 전해졌어요. 너는 세상을 구원할 마지막 메시아다, 나의 거룩한 아들이다! 세상을 깨끗하게 하라! 내가 올 날을 예비하라! 그날에 너에게 영광의 비둘기 면류관이 주어진다! 너를 찬양하게 하라!"

홍준의 목소리가 점점 커지더니 마지막에는 대형

콘서트장에 선 가수처럼 자리에서 벌떡 일어나 수갑을 채운 두 팔을 번쩍 들어 올렸다. 확실히 친근한 생김새와 다르게 카리스마 있는 목소리였다. 시우는 이 말도 안 되는 소리가 굉장히 설득력 있게 들리는 게 신기할 정도였다.

로사는 커다란 눈으로 홍준을 가만히 올려다보더니 조곤조곤 말했다.

"거짓말이에요, 이 사람. 눈동자가 계속 흔들리고 동공도 확대됐어요. 우리 둘 중 누구와도 시선을 마주치지 않아요. 잘 보이지 않지만 입술 안쪽을 계속 깨물면서 말했고요."

그 말을 들은 홍준이 그녀를 보며 비웃었다.

"그건 참고 사항만 될 뿐이지, 아무 증거가 못 돼요. 이방인 아가씨."

"여기까지는 외적으로 나타난 모습이고요, 저 사람의 목소리는 진한 분홍색과 검은색이에요. 분홍색이 참 재밌는 게 뭐냐면요, 반갑고 좋을 때도 나오지만 자기 과대성에 빠진 사람이 말을 할 때도 나와요. 그리고 검은색은, 악의가 있을 때 나오는 색이에요. 살인자들의 목소리에서 보이는 색이죠."

홍준이 어금니를 꽉 깨물고 로사를 노려보았다.

"그러니까 이 사람 말은 거짓말이에요, 전부. 자기가 메시아가 아니라는 걸 아주 잘 알고 있어요."

"아니야! 난 메시아야! 난 이 땅의 마지막 그리스도, 하나님의 아들이야!"

분노에 찬 그의 외침에 분홍색과 검은색이 짙어지며 탁한 주황색까지 섞여 들기 시작했다. 로사는 조금도 흥분하지 않고 그를 향해 말했다.

"넌 그냥 사기꾼이야. 아주 파렴치한."

15

　한 달 반 정도가 흘렀다. 로사는 일상으로 돌아와서 연구소에 출근했다. 예전처럼 임상에 참가하는 사람들을 상담하고 통계를 내고 보고서를 썼다. 연구소 직원들과의 일상도 여전했다. 그러면서 여름의 기운이 가시는 때에 접어들었다. 로사는 오랜만에 리무진 버스를 타고 인천공항 출국장에 왔다. 한국을 나가는 건 로사가 아니었다. 연서였다. 허연서는 부모의 강요로 오랫동안 연락을 끊었던 친어머니 가족과 연락이 닿았고, 연서의 사정을 알게 된 이모가 그녀를 잠시 데리고 있기로 했다. 오늘 연서는 이모가 있는 싱가포르로 간다. 연서는 그 후 선영과는 거의 말을 하지 않고, 규석과도 최소한의 인사만 하고 지냈다고 한다.

"오늘도 아빠랑 집 앞에서 인사하고 헤어졌어요. 근데 전에도 나랑은 별로 말 안 해서. 똑같아요."

아이는 애써 밝게 웃었지만 쓸쓸해 보이는 건 어쩔 수 없었다.

"혹시 지금 제가 어떤지도 색으로 보이는 거예요?"

얼마 전 로사가 공감각자임을 알게 된 연서가 조심스레 물었다. 로사는 미소를 지으며 귀에 낀 귀마개를 가리켰다. 아이는 씨익 웃더니 손을 내밀었다.

"악수. 허그나 오글거리는 말은 싫으니까."

"그래."

로사도 손을 내밀어 아이의 손을 붙잡았다.

"연락해도 돼요?"

연서의 눈이 반짝였다. 로사는 고개를 끄덕였다.

연서를 보내고 집으로 돌아오는 길, 하늘색이 맑고 연했다. 로사는 하늘을 보며 미소 지었다.

작가의 말

이 이야기를 처음 구상하던 때를 기억한다. 항상 정해진 틀 안의 일만 하다 보니 마음 가는 대로, 내 상상력을 자유롭게 펼칠 수 있는 글을 쓰고 싶었다. 그러다가 언젠가 써 보고 싶다고 생각한 이야기를 '지금, 이 순간' 시작하면 어떨까, 하는 마음이 들었다. '언젠가'를 '지금'으로 만들면 된다. 지금 쓰자. 그렇게 단순하게 생각하고 실천한 것이 《깨끗한 살인》의 시작이었다.

내 마음 가는 대로 움직인 캐릭터들이 로사가 되고, 시우가 되고, 연서가 되어 자신들의 목소리를 냈다. 그들은 자신들의 이야기로 이 소설의 초고를 만들어 주었다.

깨끗한 살인은 맹신이 끼치는 악영향에 대한 이야기다. 맹신은 어떤 것을 자기가 보고 싶은 대로 보고 믿고 싶은 대로 믿어 버리는 것이라고 생각한다. 맹신하여 생길 수 있는 나쁜 일 중에 '살인 사건'을 가정해 보았다. 편향된 시각은 일종의 망상과 결을 같이하고, 그것은 돌이킬 수 없는 비극을 불러오기도 한다.

로사와 시우가 맹신의 세계에서 진실을 끄집어내는 이 이야기는 기쁘게도 신진 스토리 작가 프로젝트에 선정되어 안전가옥과 만났다.

《깨끗한 살인》은 안전가옥 PD님들과 서미애 작가님, 홍석인 작가님, 김선민 작가님, 그리고 성심성의껏 조언해 주신 이경희 작가님과 테오 PD님 덕분에 지금의 스토리로 탄생할 수 있었다. 또한 작품이 선정되고 완성되는 동안 지지하고 응원해 준 친구들, 방해와 힐링으로 늘 내 옆자리와 노트북 주변에 있어 준 사랑하는 주인님들(2마리의 고양이)이 나를 지켜 주었다.

이 모든 분들에게 진심으로 고마움을 전한다.

2023년 3월
이지유 드림

프로듀서의 말

    한국콘텐츠진흥원과 안전가옥의 '2022 신진 스토리 작가 육성 지원 사업'을 통해 발굴된 신진 작가님들의 작품들이 안전가옥의 새로운 라인업 '노크'의 포문을 엽니다. 2022년 5월부터 3개월간, 단독으로 소설 단행본을 출간한 적이 없는 창작자들을 대상으로 모집했고, 제출하신 원고에 대한 심사와 면접 심사 등을 거쳐 여덟 명의 신진 작가님들을 선정하여 함께 프로젝트를 진행했습니다.

    2022년 10월, 스릴러의 대가 서미애 작가님의 특강을 시작으로, 안전가옥 스토리 PD들과 일대일 멘토링이 진행되었습니다. 월 1회 현직 작가님들의 스릴러

작법 특강을 비롯하여 개별 작품 맞춤 피드백까지, 짧은 시간이지만 압축적으로 신진 작가님들의 원고를 갈고닦았습니다.

이번 프로젝트의 핵심 키워드는 '스릴러'로, 이 장르의 특징은 나의 평범했던 일상을 위협하는, 그래서 나의 삶이 변화할 수밖에 없는 지점을 긴장감 있게 다루는 것입니다. 이를 중심으로 다양한 장르와의 결합을 통해, 범죄 스릴러, SF 스릴러, 판타지 스릴러, 하이틴 스릴러 등 작품마다 차별점을 두었습니다.

이 중 《깨끗한 살인》을 한 문장으로 정리하자면 경기도의 한 가상 도시(선주시) 내 교회에서 벌어진 살인 사건에 관한 이야기라고 할 수 있습니다. 그러나 이 이야기를 끝까지 읽으신 분들이라면 깨끗한 살인이라는 역설적인 표현이 가지고 있는 의미를 알아차릴 수 있을 것입니다. 그리고 표면적인 '살인 사건' 이면에는 심층의 의식이 관여하고 있다는 것을 알 수 있을 것입니다.

깨끗함과 더러움은 함께 있을 때 그 대비가 뚜렷해집니다. 그리고 이 대비는 곧잘 옳고 그름이라는 가치 판단과 연결됩니다. 깨끗함과 더러움이 눈에 보이는 사실의 문제라면 옳고 그름은 진실과 거짓, 불의와 정의 같이 눈에 보이지 않는 관념의 문제입니다. 이러한 다층적인 의미가 스릴러 장르의 문법 안에서 독자분들께 흥미롭게 전달되었기를 바랍니다. 쉽지 않은 이야기를 완성하기 위해 애쓰신 작가님께 다시 한번 감사의 말씀을 전합니다. 감사합니다.

안전가옥 스토리 PD

윤성훈 드림

깨끗한 살인

1판 1쇄 발행 2023년 4월 12일

지은이 이지유

기획 안전가옥
콘텐츠 총괄 이지향
프로듀서 윤성훈
          고혜원, 김보희, 신지민, 이수인
          이은진, 임미나, 조우리, 황찬주
퍼블리싱 박혜신, 임수빈
편집 박성미
디자인 박연미
서비스 디자인 김보영
비즈니스 이기훈
경영지원 홍연화

펴낸이 김홍익
펴낸곳 안전가옥
출판등록 제2018-000005호
주소 04779 서울특별시 성동구 뚝섬로1나길 5,
      헤이그라운드 성수 시작점 201호
대표전화 (02) 461-0601
전자우편 marketing@safehouse.kr
홈페이지 safehouse.kr

ISBN 979-11-93024-06-5 (03810)

이 책은 한국콘텐츠진흥원 2022 신진 스토리 작가 육성
지원사업에 선정되어 발간되었습니다.